世界有许多美好

有的像梦一样繁复

有的像花一样简单

获得是获得的开始

天空是飞翔的背影

陈年喜

《望进米嘉的房间》
澳大利亚视觉艺术家 Jesse Dayan
布面油画
30 × 20 cm
2016 年

"你要让阳光洒在心上，

　而非身上，溪流穿躯而过，

　而非从旁流过。"

　　　　　　　　　约翰.缪尔

《夏日漫步》
澳大利亚视觉艺术家 Jesse Dayan
布面油画
131 × 100 cm

"忧来无方，窗外下雨，

坐沙发，吃巧克力，

读狄更斯，

心情又会好起来，

和世界妥协。"

托尔斯泰

《黑鸟》
澳大利亚视觉艺术家 Jesse Dayan
布面油画
40 × 30 cm
2016 年

我在迷路时遇到花店

店员小心修剪花刺

比你送我的那朵懂事一点

后来我再遇见谁都有了无法避免的参照

唯独月亮还是那个月亮

隔花人

《在墨尔本采摘的鲜花》

澳大利亚视觉艺术家 Jesse Dayan

布面油画

16 × 20 cm

《黑鸟》　　　澳大利亚视觉艺术家 Jesse Dayan

布面油画　　　40×30 cm　　　2016 年

经常性地，你不能判断，告别是
否成为永别，永别是否仍是暂别。
你在每一次告别中努力嗅着永久
的气息，它形成了习惯，表面看
起来像某种关于人生的游戏。

路内

永远是夏天

华语经典名家诗歌选

余光中 等 著

为你读诗 主编

北京联合出版公司
Beijing United Publishing Co.,Ltd.

目录

5

篇章一

愉悦的事

永远是夏天

作者：伽蓝　朗读：庞玮

雨水在数一个粗糙的宇宙

数那些磨破生命的沙

它数不清，像数不清夏天

的苦涩；而蝉会用响亮的噪音

告诉你：永远是夏天——

永远是夏天，撒在绿色的表盘上

指针在颤抖，返回了结束的那一刻

旷野安静。你从荒芜中走来

冒雨浆洗灰色的床单——发霉的生活

而雨一直下，一直下——

雨一直下，帮你冲刷记忆

风也在吹，却并不猛烈，缓缓地

推动这个潮湿的世界，一寸一寸

夏季的花，永远都不气馁——

它们坚强地开了，含着自己的雨水

选自《半夏之光》，大众文艺出版社

- 诗歌作者 -

伽蓝

原名刘成奇，1976 年出生。北京门头沟人。现为北京作协会员。2004 年开始诗歌写作，有作品在多家刊物发表，并入选若干诗歌选本。著有诗集《半夏之光》《加冕礼》《磨镜记》。曾获"诗东西"青年诗人奖。

无论何时，内心常蓄一团夏的火热

一条小路 / 文

我身上有一个不可战胜的夏天。

——法国作家、哲学家阿尔贝·加缪《夏天集》

初秋大概可以算是一年里最舒适的时候，晴空瓦蓝，阳光明亮，绿意依旧隆重地铺展着，风尚未吹来遍野的金黄。漫步于街头城外，眼睛还能捕捉到夏日悠荡的韵尾，而毛孔张开，已能醉饮秋的气息。

岁月不居，时节如流，前望秋色渐来，回首夏未远去，站在四季过半的节点上，内心不禁生出几分眷恋和怀念。

都说四时风物各有不同，有人爱慕春的活泼，有人属意秋的丰硕，有人青睐冬的肃穆。也有人干脆这样认为——所有时间，都是对夏天的加减。

偏爱夏天不是没有理由的，村上春树直言："夏天最让人欢喜，太阳火辣辣照射下来的夏日午后，穿一条短裤边听摇滚边喝酒，简直美到天上去了。"夏总是勾动简单而直接的感官享受，其中浸透着的，则是生命的率真与爽快。

每个流逝的夏天里，也都藏着一角青春的碎片，年少的激情与夏之热烈同频，留下难以磨灭的印记。每每念及，往昔的朝气便和着蝉鸣一道响起。

"我的故事总是发生在夏天。炎热的气候使人们裸露得更多，也更能掩饰心中的欲望。那时候，好像永远是夏天，太阳总是有空出来伴随着我，阳光充足，太亮，使得眼前一阵阵发黑。"（姜文导演电影《阳光灿烂的日子》）

夏天似乎莽撞，不懂温和，但因为西瓜、汽水、冰激凌，更因为一些人和事的存在，掰开记忆深处的某个夏日，里面时常流淌着香甜的蜜。

年少不觉夏日难挨，往往是走到了此后一段又一段的艰难人生里，才逐渐品出蒸腾暑气中的丝丝苦涩。但也是在这沉甸甸的苦字下边，我们啜饮着生命的真相。一如冯骥才所说："于是我懂得了这苦夏——它不是无尽头的暑热的折磨，而是我们顶着毒日头默默又坚忍的苦斗的本身。"

生活仿佛长久浸润于夏日的雨水之中，一半清清亮亮等着阳光来晒干、熨烫，一半在黑暗侵袭的地方悄然发霉。你独自一遍又一遍地用力浆洗着，在重复的揉搓中，生出强韧的承受力和抵御霉变的力量。

我们就是要在连绵的乌云周围寻得微光活下去呀，扎根于生命更迭的间隙，使自己从一颗种子长成永不气馁的夏花，含着偶尔夹杂雷电的雨水，坚强地开放。

夏日一步步远去，秋风慢慢加深着凉意，喜欢哪个季节都是好的。唯愿在自然每一个巨大的节拍里，我们都不改生命的热烈，把盎然生机植入日常生活的瞬间。

但，隔着距离

作者：蓝蓝　朗读：蒋小涵

但，隔着距离

为了你眼睛所能看到的美

隔着夏天，为了

胚芽对果实最终的抵达。

路将我们卷成旷野上的草捆

像一条河，同时在源头和

入海口。

靠近大海上的云朵

靠近不可见的航线

直到所有的水连结了我们。

"眼泪、雾、血液、雪和雨

都是水。"

爱上一切阻隔，为了跨越它时

我们蓬勃的生长。

选自《河海谣与里拉琴》，江苏凤凰文艺出版社

蓝蓝

诗人，童话和随笔作家，获"诗歌与人·国际诗歌"奖、冰心儿童文学新作奖，曾被誉为"新世纪十佳女诗人"之一。作品被译为十余种语言，以书写对大自然和人间真挚情感的抒情诗而打动无数读者的心。

"一生只做了一件事，就是不断接近你"

乌有 / 文

你看我时很远，你看云时很近。

——顾城《远与近》

现代社会里，大家似乎都有个"安全距离"，近一点远一点，微妙的分寸往往难以拿捏，于是为了避免不必要的麻烦，尽量互不打扰。距离，就这样横亘在我们之间。

而人们总是自相矛盾的，既想要"距离产生美"，又在努力地跨越距离。既想要一个人不被打扰的轻松，又享受和别人相处的快乐与感同身受。

事实上，人们对距离的感受，并非在于关系的亲密与否，而在于是否真正彼此理解。

有时候你面对一群朋友，却没办法说出自己最近的困惑；身处于一段亲密关系里，仍然感到孤独。那些身边很近的人，有时似乎离得很远。

罗兰·米勒在《亲密关系》里说："我们喜欢与我们像的人，共同点越多，彼此越喜欢。"相同的成长环境，相似的性格，或是共同的兴趣爱好，这些可以让彼此更容易理解对方的处境与想法，感受对方所感受的。

在感到被理解时，我们卸下孤独的铠甲，拥抱温柔的爱，感受"水连结了我们"。正如塞林格所说："在苦苦挣扎中，如果有人向你投以理解的目光，你会感到一种生命的暖意，或许仅有短暂的一瞥，就足以使我兴奋不已。"

生活里每一天都有分别，亲人离开，朋友出国，毕业分离，每个人都有自己要奔赴的方向，现实的距离被拉远，相依的心并未分开。珍贵的是，那些大家一点点靠近，成为彼此生命中重要部分的时刻，在那些靠近彼此的过程里，我们蓬勃地生长。

夏天

作者：林珊　朗读：赵秦

我在黑暗中独自站了很久
野蔷薇的香气并没有完全消失
我只是想让你也听听
这个村庄的风声与蛙鸣

萤火虫的亮光寓言般重现
虚掩的道路在某一滴露水中惊醒
即使满天星斗已经高过枫杨树的头顶
衰老的蟋蟀仍然在废墟里缄默无声

每一个相似的夏天，我都会想起
你曾许诺过的爱情：
我会爱着你，虽然这种爱
有时也是一种不幸……

选自《小悲欢》，长江文艺出版社

- 诗歌作者 -

林珊

　　中国作家协会会员，曾就读于鲁迅文学院第三十六届中青年作家高研班。出版诗集《小悲欢》《好久不见》。曾获第二届中国诗歌发现奖、第十七届华文青年诗人奖、2016江西年度诗人奖等奖项。

总有一段无可复刻的夏日，停留在心间

哆啦 / 文

作家石黑一雄说："我喜欢回忆，是因为回忆是我们审视自己生活的过滤器。回忆模糊不清，就给自我欺骗提供了机会。"

我在黑暗中独自站了很久
野蔷薇的香气并没有完全消失
我只是想让你也听听
这个村庄的风声与蛙鸣

夏夜里带着野蔷薇的香气的风，似乎能勾起很多夏日回忆。这风虽说不上阵阵凉意，却裹挟着特殊的花香吹散一身的疲惫与烦忧。

佩索阿说："由于感到了爱，我对香味产生了兴趣。我从不曾留意过花朵的气味。现在我感到了花朵的香味，好像看到了一种新事物。"

比起生命里那些平淡的日子，我们始终念念不忘的，往往是那些曾经给自己带来过许多情绪体验的往事。它们蛰伏在静默的脑海里历久弥新，不时提醒着我们曾经怎样生动地生活，以此来应付当下艰难的日子。

他还太年轻，尚不知道回忆总是会抹去坏的，夸大好的，也正是因为这种玄妙，我们才得以承担过去的重负。

——加西亚·马尔克斯《霍乱时期的爱情》

回忆总是主观的，无意识地带着一层浓重的滤镜，它让我们也与过去建立一种深厚的联结，总是难以放下……

每一个相似的夏天，我都会想起
你曾许诺过的爱情：
我会爱着你，虽然这种爱
有时也是一种不幸……

在纷繁的记忆里，我们难免会失去很多东西，灿烂的青春，在意的人，许诺的爱情，心仪的身份。种种记忆被拾起又被无声地放下，就像夏日斟满的啤酒，即便涌起绵密丰富的泡沫，依然克制到不会溢出。

任何人都有权怀念过去，但不能执着地活在过去。因为，频频回头的人是走不了远路的。你不但看不到前路，也错失了后路上曼妙的景致。

无论怎样，松开那口气，清理情绪的缓存，让自己在盛夏的独处中获得喘息。一如加拿大作家拉费里埃所说："冬天是思想所喜欢的季节，但身体会在夏天进行报复。身体脱光衣服，以此来取缔思想。夏天邀请思想做一个午休。"

我们的生命里无疑会遇见很多个夏天，但总有一个无法复刻的夏日，教会我们不断想起，然后努力释然放下。

现在我只爱一些简单的事物

作者：潘洗尘　朗读：苏青

从前我的爱复杂动荡

现在我只爱一些简单的事物

一只其貌不扬的小狗

或一朵深夜里突然绽放的小花儿

就已能带给我足够的惊喜

从前的我常常因爱而愤怒

现在我的肝火已被雨水带入潮湿的土地

至于足球和诗歌今后依然会是我的挚爱

但已没有什么可以再大过我的生命

为了这份宁静我已准备了半个世纪

就这样爱着度过余生

选自《我们看海去》，江苏凤凰文艺出版社

潘洗尘

当代诗人,《读诗》主编。1964 年生于黑龙江,现居大理。20 世纪 80 年代开始诗歌创作,其诗作《饮九月初九的酒》《六月我们看海去》等入选普通高中语文课本。先后出版诗集、随笔 17 部。

生活简单，快乐也很简单

乌有 / 文

秋风乍起，季节更替，生活里的物也在被时时换新，购置新的衣物，摆放新的家具，可物于人而言，不是一时兴起的拥有，而是历久弥新的陪伴。

生活在消费社会里，不经意就充斥着"满"：太多的信息、声音、产品。鲍德里亚说："我们生活在物的时代，物作为人类活动产物，反过来包围人，围困人。"

当你拥有了什么，你也就被什么所占有了。

游荡于欲望都市，轻易就迷了路，奢华的广告和产品似乎在让我们相信：拥有了它们，便可以成为那样的人。旺盛的欲望让我们卷入资本的牢笼，常常遗忘了自己真正需要的是什么。

甚至在爱里，也总是弄得"复杂而动荡"，变得"愤怒而脆弱"。爱不是生存在海枯石烂的剧情中，更多蕴藏于日常一茶一饭的热气里。

可能走了很远的路，发现门前刚开的雏菊就足够美丽；寻求了太多爱的证据，发现对方看你的眼神就说明了一切。我们真正需要的，有时在很简单、很细微的事物里就能找到。

也许，人的一生就是在做一次漫长的减法，学会放下，让生活回到简单，让你回到你自己。

勒·柯布西耶一生设计了很多宏大的建筑，自己却在晚年住进了森林里只有16平方米的小木屋，践行了他"真正的生活理想——宁静、独居，但又与人们天天来往"。

生活至简，内心充盈。我们爱得简单，却也有望经营出满满当当的幸福。

不曾苟且（组诗）

作者：曹韵　朗读：王锵

1

下班后　看到街边

有人给自己买了一束花

而夕阳西下　也买到了

一束晚霞

2

从前星光伴我们读书

如今月色下尽是孤独

3

我们只身黑暗

穿过伟大的人间

轰轰烈烈地　走向平凡

选自《偷诗歌的人》，南京出版社

曹韵

　　90后诗人、作词人，代表作有《将》《夜》《如春》《窗》等，著有诗集《偷诗歌的人》。

往光明、勇敢的一面去做人

婵 / 文

　　她身上只有一束微弱的火，但又不可或缺：吹息之间，生死聚形。

　　　　　　　　　　——巴西作家李斯佩克朵《星辰时刻》

　　如果说，真的有人胆敢自命"不曾苟且"，三毛女士算得上其中一位。

　　最近读她的书信集《我的灵魂骑在纸背上》，在一封写给好友 Barry 的信中，她写道：

　　"我亲爱的朋友啊！我能不能问问，你生命的活力去哪儿了？……拜托你，再次做梦吧！这好重要，做个永远不会褪色的梦。"她看到挚友失去昔日神采，恳请他再次找回生命的力量。

　　她也鼓励另一位与她交往密切的读者："不可以自怜，要往光明的一面、勇敢的一面去做人。"

　　这大概便是她对"生命的活力"的定义——忌自

怜，往光明、勇敢的一面去做人。

我们只身黑暗

穿过伟大的人间

轰轰烈烈地　走向平凡

曹韵擅长用极其简洁的语句，揭示生命的真义。无论此时身处何方，又将归向何处，我们用"轰轰烈烈"去抵御平凡，去寻找自己。我们需要这样做。如是，也便可以说自己"不曾苟且"地活过。

明代文学家屠隆为《遵生八笺》所撰序言写道："夫人生实难，有生必灭。"其实，我们既知从生而来，亦知终至死而归。

可这中间的过程该如何度过呢？屠隆回答道："心有所寄，庶不外驰。"

去为自己买一束花，它们只为你开放；去驻足观看一片云霞，它们只为你停留；在空无中体味孤独，只有孤独时，真实才会来临。

每一次好好活过的瞬间，就是一个小小的胜利。

理想的人

作者：周琰　朗读：陈都灵

他从清水和盐中得到满足

他可以在一个屋子里愉悦

他为宁芙[1]们的歌找到曲词

可人世与仙界任一种许诺

都不能让他穿起一套行头

挂到被锈蚀的一枚钉子上

那旷野一般不可塑形的人

他比风更知道生命的秘密

1　宁芙（Nymph）是希腊神话中次要的女神，有时也被译成精灵和仙女，出没于山林、原野、泉水、大海等地，是自然幻化的精灵。

- 诗歌作者 -

周琰

现居多伦多，从事策展、批评、翻译和写作。翻译著作艾米莉·狄金森《我的生命是一杆上实弹的枪》《艾米莉·狄金森信封诗选》、莎朗·欧茨《雄鹿之跃》及其他中英文诗歌翻译作品。

想象一种理想的生活

柳条人 / 文

你是否也会有这样的感觉，生命仿若一连串的片刻，会迸发出意想不到的惊喜，也会流露出至暗无边的绝望。

木心说："生命是时时刻刻不知道如何是好。"反观自身，我们依然要在自己跌跌撞撞的生命历程中找寻意义，抒写理想的生命之诗。

"美必须干干净净，清清白白，在形象上如此，在内心更是如此。"（孟德斯鸠）一个干净的人，是自由的。一个自由的人，才有探索生命奥义的最大可能。

内心的干净，常常由内而外反映在人的外表上，反映在遭受命运拨弄时的态度中。比如民国时期的大家闺秀郑念，中年之后在牢狱里受尽折磨，她都不肯告饶服软，靠背唐诗给自己打气，每天还是穿戴整齐，竭力保持干净体面。

今天看她的照片，她的淡然一如昨日，深邃的眼神，像泉水一样清澈、从容。坚忍而优雅是她坚守一生的美好品格，一个自由的心灵是难以被厄运击溃的。

内心干净的人，精神世界永远不会荒芜。

柑橘花开

作者：舒丹丹　朗读：蔡紫

邻居院墙外，一树柑橘花开了
那种熟悉的清冽的香气
霎时抓住了我——

想起多年前某个早春
它们怯生生飘进我的诗里
第一次，那种令人着迷的
写诗的感觉……

"植物们从不隐藏春天
鸟儿们也不
她想着遥远的风的脚步
低头抿着甜酒"

年复一年，柑橘花如约开放

不管曾遭遇什么

不管时间怎样从我们心上

将梦想、天真、爱与诺言一一拿走

每个春天，它们更新着自己

我凑近一朵，深嗅

香气钻进骨缝

一个声音对我说

"你怎能忘了那些美丽的事情？"

选自《镜中》，中国青年出版社

– 诗歌作者 –

舒丹丹

诗人、译者，诗作见于《诗刊》《十月》《中国诗歌》等多种刊物。出版有译诗集《别处的意义：欧美当代诗人十二家》《我们所有人：雷蒙德·卡佛诗全集》《高窗：菲利普·拉金诗集》。

见过花开的人，更懂人间的温柔

多喝水 / 文

你听说过有一个专门为百花过生日的日子吗？有道是："百花生日是良辰，未到花朝一半春。"如今却被众人遗忘了，或许不及白色情人节更有热度。

在古人眼里，世上的生灵万物，自有生辰。

古时人们外出游览，会将五色彩纸粘在花枝上，寄托内心一整年的烂漫期许，祈愿幸福的日子将随着花开而至。

人间一年，斗霜傲雪，久历风尘，经过冬藏之后，柳暗花明的日子又有几时？

寻常之日，我们风尘碌碌，就被倦怠所捕获，被烦忧所吞噬，何曾有心驻足观赏一棵开花的树呢？

记得在《比我老的老头》里黄永玉对沈从文说："三月间杏花开了，下点毛毛雨，白天晚上，远近都是杜鹃叫，哪儿都不想去了……我总想邀一些好朋友远远地来看杏花，听杜鹃叫。有点小题大做……"

沈从文闭着眼睛，躺在竹椅上，优哉游哉答道："懂得的就值得。"

或许，见过花开的人，更懂得人间的温柔，更知晓甜酒的滋味。

植物们从不隐藏春天

鸟儿们也不

她想着遥远的风的脚步

低头抿着甜酒

天气乍暖，春风拂面，吹开了第一朵迎春花，让生活陡然有了重振旗鼓的希望。紧接着杏花、桃花、李花次第绽放，海棠、樱花也心怀爱意与浪漫，纷至沓来，欢天喜地地挤挨在一起。

仲春花事正好，桃李争辉，海棠烂漫，樱花温婉，玉兰绰约。此时，无论是谁亲近花枝，都会有怦然心动的奇妙感应。花之媚，叶之柔，这些风物独属于这个季节。

全宇宙的光都在这里集聚。

——我不知道还有什么存在。

只有我，靠着阳光，

站了十秒钟。

十秒，有时会长于一个世纪的四分之一！

终于，我冲下楼梯，

推开门，

奔走在春天的阳光里……

（王小妮《我感受到了阳光》）

植物隐秘的语言与气息，也会给人类些许滋养，向上生长，莫负自然的眷顾与治愈。趁春犹在，不负良辰与深情。

孩子

作者：陈年喜　朗读：黄莺

这是一群孩子

这是春天的下午

背景是苍黄田野

风弯腰和野草说话

广阔的天空多么匹配

这广阔的白野

一架飞机飞过头顶

它闪烁三只航灯

这是他们从没有体验过的物体

对着它　他们伸出了两根手指：耶

仿佛梦想已经达成

世界有许多美好

有的像梦一样繁复

有的像花一样简单

获得是获得的开始

天空是飞翔的背影

选自《陈年喜的诗》，江苏凤凰文艺出版社

陈年喜

1970 年出生于陕西省丹凤县桃坪镇金湾村。贵州省作家协会会员，中国当代作家、诗人。著有诗集《炸裂志》《陈年喜的诗》，散文集《微尘》《活着就是冲天一喊》《一地霜白》。

春天的美丽在于纯真与勇敢，在于世故未通

婵 / 文

　　这是春天。田野随着小鸟的足迹漫溢出绿意。绿野无边。孩子在绿野上奔跑。深深浅浅的绿波荡漾着向天边递进涌动，仿佛有无穷的力量，可以将孩子托送到能够触摸星辰与梦的地方。"呜呼！"孩子幸福地呼吸，将花朵吹向更深更辽远的境地。

　　这是春天，是人类返回纯真年代的时机。

　　德国哲学家奥根·赫立格尔在《箭术与禅心》中写道："经过了长年的自我遗忘训练，人类能够达到一种童稚的纯真状态。在这种状态中，人类不思考地进行思考。他的思考就像是天空落下的雨水，海洋上的波涛，夜空中闪烁的星辰，在春风中飘舞的绿叶。的确，他就是雨水、波涛、星辰与绿叶。"

　　世界有许多美好

　　有的像梦一样繁复

有的像花一样简单

陈年喜的诗中便藏着这样充满禅意的思考。在一个春天的下午，一群玩耍的孩子闯进诗人的视野，他低头将目光转向他们，"风弯腰和野草说话"，是那颗真诚的谦卑之心的明证。

他感受到春天来临，一个全新的世界从死气沉沉的事物中突然展现出来，万物在不自知中萌发，世界在不自觉中变得美丽。如做梦般自由开放，如花开般自然而然。

仅用一颗当下的真心去感受这世界的许多美好，让自我被一层无可渗透的岑寂包围，沉浸在童稚和纯真之中。

这便是史铁生所言及的"田野被喜悦铺满，天地间充满生的豪情，风里梦里也全是不屈不挠的欲望"的时刻。"春天的美丽也正在于此，在于纯真和勇敢，在于未通世故。"

这是春天。

篇章二

回到孤单之中

城市僧侣

作者：秦立彦　朗读：李逸男

我们每人占据一个小小的房间，

彼此有墙隔开，

以免无益的交谈。

白天我们出门去，

忍耐街市的喧哗，

忍耐别人判断的目光，

从事各自分得的劳作，

在整洁的办公室里，

在尘土飞扬的工地之上。

我们劳作，

直到我们同天空一起疲惫，

褪色。

每天都有新的考验。

夜晚我们回到各自的巢穴，

进入纷繁的梦境，

有时得到安慰，

有时得到另一种惊恐。

这城市是一所巨大的修道院，

我们是其中的僧侣。

如果这样，

这里的一切是否更易于承受，

是否不必向深山逃去？

选自《各自的世界》，长江文艺出版社

– 诗歌作者 –

秦立彦

现任教于北京大学中文系，美国加州大学圣迭戈分校比较文学博士。著有诗集《地铁里的博尔赫斯》《可以幸福的时刻》，译有《华兹华斯叙事诗选》。

城市诱人之处的秘密，与生命之谜势均力敌

盖茨比 / 文

> 曾有一个时期我把这些城市比作繁星密布的天空，而在另一个时期我总免不了要谈到每天从城市中泛滥出来的废物。
>
> ——意大利作家卡尔维诺《看不见的城市》

城市是围绕着人建立起来的，先是有了街道，再是有了砖瓦，最后有了人的聚集，成百上千的街道才有了名字和意义，不再是孤独的方向和虚无的坐标。

从前的城市也简单，灯是灯，雾是雾。我们记得每一条街道的名字、每一个店铺的气息，像是记着心上人的每一段故事，平日里一个转角，便能与久远的记忆撞个满怀。

"我熟悉这里的每滴泪水，每条街巷……我熟悉这里十二月的日子。"曼德尔施塔姆说。虽然我们不断地出走，但是我们也一再地返回，因为对于彼时的我们来

说，城市是抵达和归宿。

现在的城市却是陌生的，道路越来越拥挤，建筑越来越相像，没有手机地图似乎哪儿也去不了。地铁线纵横交错有如驳杂的网，日复一日地将我们带到应在的位置，我们各自劳作一天，"忍耐街市的喧哗，忍耐别人判断的目光……直到同天空一起疲惫，褪色。"

城市变得像是一座慵倦无用的巨型宫殿，充斥着郁积腐败的气味，街头巷口也满是不安和忧愁。有时站在十字路口，看着车辆穿梭，会突然不知所措，仿佛不是我们生活在城市，而是城市挤压在我们之间。而伴随着一栋栋高楼而起的，是人心的巨变和占有。

每人占据一个小小的房间，

彼此有墙隔开，

以免无益的交谈。

原本温馨的房间成了动物的巢穴，盘踞着野兽般贪婪的孤独和倦意。人们不再交谈和对话，机械高压的生活让我们疲惫不堪，人人想要逃离却又无处可逃。

于是诗人试图寻求出口，如果这偌大的城市变成一座修道院，会不会一切都更易于承受一些？在另一首诗中，诗人似乎又通过提问给出了答案：

"我不知道此前的人们怎样活着，是不是不需要自己的房间，当苏格拉底每天在闹市中行走，而阿喀琉斯住在喧嚣的海边。"（《自己的房间》）

一直在想诗中的"僧侣"意味着什么。是否意味着他们不需要占据一个自己的房间，也能在生活中将自己修复？而在城市变成巨型怪物之前，我们是否也可以在房间里打开一扇窗，听一听别人的交谈。这样，城市有没有可能回到以前的模样，人是亲近的人，心是安定的心，是否也不必向深山逃去了呢？

敬亭山小坐

作者：唐力　朗读：李歌洋

我只想陪这些草木坐一会儿

草木摇曳，入我之心

我只想陪这些暮色坐一会儿

暮色点染，涂抹我衣

我只想陪这些石头坐一会儿

石头谈心，印入我身

我只想陪这些流水坐一会儿

流水如洗，涤我俗尘

我只想陪这些鸟儿坐一会儿

鸟儿突飞，赠我空无

我只想陪李白的诗歌坐一会儿

词语渊默，遗我巨雷

——哦，世界

我只想陪孤寂小坐一会儿

孤寂如我，相看两忘——

选自《大地之马》，江西高校出版社

- 诗歌作者 -

唐力

1970年11月生于重庆，中国作家协会会员，2005年参加《诗刊》第二十一届"青春诗会"。《诗刊》原编辑，现为重庆文学院专业作家。著有诗集《大地之弦》《向后飞翔》《虚幻的王国》，获第四届重庆文学奖、首届何其芳诗歌奖、第三届徐志摩诗歌奖、十月诗歌奖等。

独处是对自己的坦诚，时光温柔且自由

哆啦 / 文

你独自一人。无人知道。安静，伪装，

并非杜撰的伪装。

不盼望任何东西而你尚未一无所有。

每个人做自己最重要。

———葡萄牙作家费尔南多·佩索阿《你独自一人》

如果说自由是一种不被胁迫的状态，那么独处可能是放空自我的自由状态，穿过所有的喧闹与疲惫，卸下伪装，享受清欢。和静默的万物相处，不经意间被草木滋养；置身大千世界与山石谈心，被暮色点染，让流水涤荡内心的浊气。很多时候，若能把自己安顿好，反而能宁静而轻盈。独与天地精神往来，回到最本真的生活。

就像朱自清先生所言："我爱热闹，也爱冷静；爱群居，也爱独处。像今晚上，一个人在这苍茫的月下，什么都可以想，什么都可以不想，便觉是个自由的人。"

斯坦福大学心理学家凯利·麦格尼格尔认为，独处的沉默会使大脑进入强化记忆模式，有利于我们进行反思，分解烦恼。

人是孤独的，没有人逃脱得了。而拥有独处能力的人，生活上不会过度依赖伴侣，面对工作也不会超期内耗同事。

李白最懂独处之妙，独自一人在花间月下，无人同饮，便将天边的明月和月下的影子请来对酌，别有一番乐趣："举杯邀明月，对影成三人。"在某一个时刻完完全全做回自己，自得其乐，何尝不是一种久违的自由呢？

蒋勋认为，孤独是饱满的。人生是一场盛大的孤独，慎独也是一种生命的修行。在这喧扰的大千世界里，在熙来攘往的人情世故中，我们若能内心安然、明朗清澈，才是将生命活出了本色。

那些在独处时感到充实与自由的人，既能够在精神上自给自足，同时也欣于保持与他人的联结，乐于被他人所爱。就像《在细雨中呼喊》里作家余华的一席话："我不再装模作样地拥有很多朋友，而是回到孤单之中，以真正的我开始了独自的生活。"

比较好的一面

作者：张子选　朗读：曹骏

有些木头被抬进秋天用于建造

比它们在伐倒之后很快烂掉好

有些灯亮在命里

比点在夜里好

有些日子云彩会飘过寺院和白塔

比天空总那么无端地空着好

有些时候在草原看见骑手带刀

比发现他们腰间闲着一段寂寞好

有些人遇在世上

比遇在别处好

有些岁月知道众生里有你

比一个人独撑着时间的分量好

有些话搁在心里痛着

比用嘴说出随即被风扔掉好

选自《落在纸上的雪：当代诗人十二家》，

广西师范大学出版社

- 诗歌作者 -

张子选

1962 年出生于云南，诗人、媒体人、策划人。代表作有诗集《阿克塞系列组诗》《红了马唇，绿了伤心》，散文集《执命向西》等。

人生嘛，哪能面面俱到

一条小路 / 文

　　曾经流行这样一个问题：若有一串葡萄好坏交错，你会先从好的还是坏的吃起？

　　有人选择先吃好的，却被评论之后的甜美只会变成回忆，留在上一颗里；有人选择先解决坏的，把希望留给下一颗，又被置以悲观主义的怀疑；有人干脆选择顺其自然，然而被告知根本不存在第三种答案。

　　仔细想来，人生诸多境遇都包含在这简单的问答之间。很多时候，我们不过是被行为模式支配着去面对、解决问题，而对错往往也都是相对而言。生活甚至不跟你讲逻辑和道理，只允许在限定范围内，做出所谓的自由选择。

　　把描述当今年轻人生存现状的一些词语拎出来，我们会发现内卷、焦虑、压力、纠结、佛系、躺平等等，其实都指向"选择"二字。

　　因为有限的阅历和认知，我们尚未参透选择的奥义，更无法将这种权利使用得随心所欲，兼以时常无法忍受迷途中的黯淡，便总觉自己满身疮疤，为现实世界所伤，苦闷而彷徨。

我们都太期待光明的未来，渴望将自己打磨成钻石，面面折射出璀璨的光彩。然而仅此一次的人生路上，毕竟难得一眼万年的爱情、一成不变的友谊、一飞冲天的事业。一劳永逸终归是奢望，没有任何选择能直接而完美地带我们抵达内心所求。

弗罗斯特称："我曾叫人用简短的话回答问题 / 绿叶和鲜花相比较，谁，更美 / 他们没有回答问题的足够智慧 / 夜晚叶子美些，白天的花儿美。"接着又坦言："以往，我可能一度追逐过鲜花 / 如今，绿叶符合我抑郁的情绪。"

在外界和内心双重、持续的变化中，没有人能百分之百地用理智去进行选择，但也不会放任情感左右自己。我们总是带着某些倾向，在不同的选项之间反复权衡，走向其中相对更好的。

如同"有些木头被抬进秋天用于建造 / 比它们在伐倒之后很快烂掉好""有些话搁在心里痛着 / 比用嘴

说出随即被风扔掉好",生活哪能面面俱到,比较好的,往往已是最佳选择。

"很多时候我们其实并不知道,什么是对我们最好的选择。我们所谓的好,可能只是一种比较性的优势……这样一种比较性的好,可能会让我们自己的一生,都在竞争与焦虑之中。也许我们唯一能够去比的就是自己,自己是不是比昨天更好、更自律、更节制、更加宽容,因为真正的好是不会内卷的。"(罗翔)

无须时刻环顾四周,在与他人的横向比较中给自己制造压力和焦虑。我们所要做的,是以选择为开始,使自己在专业上更深入,在人格上更健全。或许在名利等世俗的眼光中会败下阵来,但问心无愧,又有何不可?

只此一次的人生,向左、向右都是向前,怎么选择都难免有所遗憾,但所有经历都会成为不可复制的宝贵体验。

黄昏速记

作者：林珊　朗读：周放

树下的落叶越积越多

干枯的芦苇丛顶着满头的白雪

在湿漉漉的黄昏

唯有蜷缩在一张晃动的摇椅里

等待天黑的时候

才会如此写下：时间犹如疾驰的车厢

咣咣咣响着。很多时候

我就这样一直坐着，坐着

看暮色向晚，看夜色将至

而风声，有时离我很近

有时离我很远

它带来寒霜、积雪、越来越深的倦意

它带来一些无法抹去的爱、孤独

竖琴的断弦，迟缓的钟声

（原谅我，我再也不忍提及永恒）

十二月了　时间流淌着

生活继续被描绘。我想要说的

都将在夜色中到来

选自《小悲欢》，长江文艺出版社

只是在黄昏，我愿意原谅自己也原谅你

林翠羽 / 文

> 对面楼上的灯光幽蓝
>
> 多少个黄昏都在此刻
>
> 被召回，一起流泪。
>
> ——袁永苹《日常》

黄昏的美有时是很可怖的。阳光在此时达到顶点，像一粒即将炸开的金色气球，一不留神，又在刹那间坠入黑夜，遍地无光。

那些被刷上饱满金色的家具、风景、面孔……霎时被撕去了滤镜，露出生冷的底色，于是，你的心也跟着一沉。黄昏如同生命中那些至美至满的时刻，在抵达极致的瞬间也开始走向消逝的命运。

它是每天一次的，小小的死亡和重生。

黄昏像是白天和黑夜之间的那条摆渡船，你感觉周身没有可以倚靠的栏杆，只能摇摇晃晃地坐在其中。

于是，你不得不想起一些沉入河底的心事，美的或痛的，然后放纵自己暂时醉入其中。就当黄昏是不属于时间的"时间"，是寻常一天的避难所。

> 这样的落日里
>
> 我是多么容易想到爱情，想到许多年来
>
> 你给出的只言片语
>
> ——余秀华《这样的黄昏》

黄昏像是专门为了安慰人心而存在的时刻，尤其是冬日的黄昏，在寒冷的一天里显得那么珍贵。

如木心所写"天色舒齐地暗下来……清晰，和蔼，委婉"，人也一截截松弛下来，只觉得"不知原谅什么，诚觉世事尽可原谅"。

整个世界如同被刷上了一层又一层的蜂蜜，光温柔而有力地流向每一寸角落、每个人心上，将破碎的万物缝合起来，然后裹在一层淡黄色的包装纸里，在黑夜降临前暂时封存这金黄的礼物。

与此同时，正是因为黄昏美而短暂，人有时会生出莫名的决心。

所以，会有人赶在黄昏前去见一个人，与太阳赛跑；会有人像李清照一样"金尊倒，拼了尽烛，不管黄昏"，纵使时间流逝，也定睛望住眼前的风景。

就让时间流淌吧，"生活继续被描绘"，我们想要说的、想要做的都终将到来。

为了幸福而不是虚荣

作者：王寅　朗读：朱卫东

打碎了的前额，一口旧钟上

花朵战栗着

书上全是露水

镜子照出身后的一切

为了幸福而不是虚荣

混乱一如壮丽

燃烧从不停息

弯曲的手指垂在墓石上方

握住秘密的石头终于松开

青春有始无终

死亡有增无减

如果季节是美德，那么

今夜必然是一条捷径

为了幸福而不是虚荣

选自《灰光灯：王寅诗选》，华东师范大学出版社

– 诗歌作者 –

王寅

诗人、作家。毕业于上海师范大学中文系，做过教师、编辑、记者、电视编导。1983 年开始发表作品，第三代诗人代表之一，海上诗派成员之一，代表诗集《灰光灯：王寅诗选》。

他朝若是同淋雪，此生也算共白头

肖尧 / 文

冬雪虽然沉默，却能改变世界的颜色。温润留白的雪花，等待有心人前去观赏，就像生命里的幸福，也期待着那位勇敢的人最先开口……

很多时候，抵达幸福的过程仿若一场自我的探寻，尽管前方风霜雨雪，青春恰是这种单纯无为、尚未拥有的状态。"青春有始无终 / 死亡有增无减"，活着就要为幸福而歌，而非虚荣。

就像日本小说家伊藤左千夫的感喟："幸福这种东西，只能在自己力所能及的范围内追求。如果对幸福的要求太高，超越了自己的能力范畴，反倒是对自己也是对他人的刁难了。"

现代生活里，压倒人的最后一根稻草往往不是大问题，而是一些累积的情绪，是内在自我的失衡。

过度关注自身的利益，过于在乎别人的外在条件……很难有幸福的心境。

幸福需"向内"求得，有时候你最需要的一个对你而言独一无二的人，能完好地填补你生命的缺口。

哲学家罗素认为："幸福源于我们自己深层的冲动，而非他人的嗜好与欲念。"

幸福的亲密关系，何尝不是互相欣赏呢？你们携手站在同海拔的山峰，在人生最高处相逢；你们不断追逐彼此，然后越走越远。

用心来感受幸福，而不是总跟别人比。穿越贪婪，剔除虚荣，或许你会在一个有雪的冬日，踏上一条通往幸福的寂静之路。

在我们的私人空间里

作者：黄灿然　朗读：朱卫东

在我们的私人空间里

都珍藏着一个小小的角落，

它是我们唯一的寄托，

所花的心思比针还细；

它使我们忘却生命的沉重

而安于一种谦卑的寂寞，

有时候我们被自己深深打动

并在一阵辛酸中黯然泪落；

我们懂得自己的渺小，

所以从来就不敢企望高傲，

我们像一块平凡的手表

尽量不辜负内心的发条，

有时候我们是多么确实地感到：

"多少伟大的时刻，没有人知道。"

选自《黄灿然的诗》，人民文学出版社

黄灿然

诗人、翻译家。著有诗集《我的灵魂》《奇迹集》《黄灿然的诗》等，译有卡瓦菲斯、里尔克、巴列霍、聂鲁达、布莱希特、希尼、阿巴斯的诗集，米沃什、布罗茨基、桑塔格等诗人、学者的论文集。

有时一个人静坐，悲伤也成了享受

朱艳平 / 文

　　这首诗，读到尾句时心里不免泛起一丝无奈，大概每个人的心里总有一些时刻、一些事件无法与他人共享，抑或想要诉说却难有听者。

　　或许这就是有时虽然身处人群，却感到无人可诉说的孤独的原因。现实里的确少有人会真正关心另一个普通人内心"伟大的时刻"，许多波澜壮阔的心事都只能一个人静静承担。

　　我们不是能一眼望穿的透明生物，有时这是使交流受阻的遗憾，但也更让人庆幸，如此我们才得以拥有一个隐秘的内心角落，盛放自我悲欢的秘密。

　　因为人是一个多面体，要面对不同的人，展开不一样的故事。所以我们也就有了无数个侧面、无数个自己，大概只有在自我内心的深处，才能拼凑出那个最完整也最真实的自己。

　　就像小时候总将心事锁进一个需要密码才能打开

的笔记本一样，慢慢地，那些不知道该对谁说，也难以理出头绪的心事，就都被一一放进了心里那个隐秘的角落里，用来独自翻阅。

　　经常看到有人说："家里一定要有一个角落，用来存放自己的热爱。"

　　或是一个读书角，或是一张沙发椅，或是一方绿植小天地……在喧闹的世界和琐碎的日常之外，这个小小的角落使我们得以暂忘生活的压力，让精神得到片刻休憩。

　　对每个人的生活而言，不管是家里的角落，还是内心的世界，我们都需要构建一个私人空间，来存放那些不足为外人道的心事，用来坚持热爱，静静享受，慢慢治愈。然后，向着新的希望出发。

不是每一天都有阳光

作者：鹅小鹅　朗读：朱卫东

不是每一天都有阳光，

我要学会珍惜。

趁天气好，

从草地上，花丛中，矮树上，

从湖水平静的波纹上，

从一面洁白洁白的新墙上，

从金黄的麦穗上，

从小鹌鹑跌倒又爬起来的地方，

我收集了几瓶灿烂的阳光。

不是每一天都有阳光，

我小心翼翼地抱回家。

下雨的时候，

寂寞的时候，

忧伤的时候，

我要慢慢用，节省着用。

我要用吸管，像吮吸蜂蜜那样，

一小口一小口品尝。

选自《你我之间隔着一朵花》，中国人民大学出版社

- 诗歌作者 -

鹅小鹅

原名徐俊国，诗人，画家，中国作家协会会员，曾获华文青年诗人奖。著有《鹅塘村纪事》等诗集四部。作品曾获冰心散文奖、中国·散文诗大奖等。

晴朗的人，自能在阴雨中信步而行

一条小路 / 文

只向阳光行走的人啊，地上哪种阴影能捉住你们呢？

——黎巴嫩诗人、作家纪伯伦《先知》

如同很多植物一样，我们经常对阳光充满渴念。

"我别无所求，只想被阳光晒透。"赫尔曼·黑塞如是说，仿佛明亮的光线可以穿透皮肤直接照耀心房，融化所有滞重的念头。

赤诚而直接的太阳也会给予万物无差别的照拂，让被忽视的细碎和微小找回在场的愉悦，"它们哪怕是这世界上的灰尘，太阳一出来，也是有歌有舞的"。(王安忆《长恨歌》)

然而并非每天都能得幸沐浴阳光，风雨总会不期而至，一如某些糟糕却无可躲避的日子。于是越发珍惜那些普普通通却被阳光包裹的日常，采撷其明媚而闪亮的部分，治愈连绵阴雨时恼人的潮湿与幽暗。

去草地上、花丛中、矮树上，从波纹里、新墙上、麦穗间，乃至小鹌鹑跌倒又爬起来的地方……当一一走过并将这些风景深深烙印进感悟深处，或许无论是否曾小心翼翼地收集并储藏阳光，都不必再畏惧阴雨连绵的日子。

因为在晴朗的天气里，我们已徐徐将自己一遍又一遍地梳理，成为更加明亮的人。寂寞、忧伤等低落情绪再次来临时，依靠自身，亦能平稳度过。

"仅靠时光的流逝，断断乎到不了拂晓，这就是那个早晨的特性。唯有我们清醒的时候，天光才大亮。天光大亮的日子多着呢。太阳才不过是一颗晨星罢了。"（梭罗《瓦尔登湖》）

春天步步靠近，日光越来越肥美可爱。有时间的话出门走走吧，向阳光倾吐积压在心的故事。也许它不懂人类百转的情思，但这丝毫不影响它把你照彻得轻盈而透亮。

一直牢记约翰·缪尔[1]的嘱托："你要让阳光洒在心上，而非身上，溪流穿躯而过，而非从旁流过。"

1　约翰·缪尔，美国作家，《夏日走过山间》的作者。

桥

作者：冯至　朗读：鲍大志

"你同她的隔离是海一样地宽广。"

"纵使是海一样地宽广，

我也要日夜搬运着灰色的砖泥，

在海上建筑起一座桥梁。"

"百万年恐怕这座桥也不能筑起。"

"但我愿在几十年内搬运不停，

我不能空空地怅望着彼岸的奇彩，

度过这样长、这样长久的一生。"

选自《十四行集》，天津人民出版社

冯至（1905—1993）

原名冯承植，诗人、翻译家。他早年留学德国，获得海德堡大学哲学博士学位。曾被鲁迅誉为"中国最为杰出的抒情诗人"。主要作品有诗集《昨日之歌》《十四行集》，译作集《海涅诗选》等。

明天我们会跑得更快，手臂伸得更远

朱艳平 / 文

冯至诗中要在海上筑起的这座桥梁，读来总是让人想起《了不起的盖茨比》中杰伊·盖茨比夜夜远望的绿灯，并穷其一生渴望筑起的那座通往海湾对岸的桥。

在 20 世纪 20 年代那个纸醉金迷的爵士乐时代，美国作家菲茨杰拉德以一部《了不起的盖茨比》，为曾让世人心驰神往的美国梦写下幻灭的终章。书中的主人公杰伊·盖茨比一生都在渴求接近家对岸那盏绿灯，得到他梦寐以求的黛西，实现自己热切的理想，最终梦想破灭。

在那个信仰荒芜、梦想触底的年代，盖茨比近乎偏执地相信着、践行着自己的理想。

这是认不清现实的痴傻，但这也才是菲茨杰拉德笔下了不起的盖茨比，是冯至诗中那明知"百万年恐怕这座桥也不能筑起"，仍旧愿意"搬运不停"的令人起敬的人。

我们不是盖茨比，但大概每个人心中都曾有过那盏绿灯，也曾无数次如盖茨比一般在黑夜里眺望，幻想着接近的时刻。那盏绿灯，是我们曾经对自己、对生活的无限想象。

　　渴望做更自由的自己，过更丰富的生活，拥有一些值得纪念的事情……遗憾的是，许多时候因为拖延和不够勇敢，我们让无数的渴望纷纷停滞在过去。

　　有时候会想，如果暮年回首那些如此错失的机会，会是何种遗憾。

　　或许这样的想象不断叠加，也在一次又一次地向我们告示：想做的事情，现在就去做吧。如果我们真的"空空地怅望着彼岸的奇彩，度过这样长、这样长久的一生"，那人生就真的太无趣，也太遗憾了。

对生活的投诚

作者：苏笑嫣　朗读：崔雨鑫

失去的记忆清除了大多的岁月

而时间依然走得飞快与记忆一同流亡

我困于城市森林同无数高楼里的门一起旋转

有人正代替我远走他方

我们已经长大顺应了时钟和平庸的安全

但还没有获得未来

四周围起的高墙时不时砌入身体

醉酒是时间颤抖在水平线之外

黎明一个荒凉的单行拐角

——醒来时我们已经站在现实的这一边

你无法成为一个游离而危险的人于是重复

你消耗着时间而时间也消耗着你

继续前行的路上黑夜里坍塌的高墙

又噼噼啪啪地重建一次

与此同时一只乌鸦不愿沉默尖叫高飞

将时间、空间和你一同遗弃

选自《时间附耳轻传》，长江文艺出版社

苏笑嫣

当代青年诗人、作家，蒙古族，1992年出生，毕业于北京工商大学。作品有长篇小说《外省娃娃》，文集《蓝色的，是海》。

成长是妥协与坚持的两难

婵/文

> 你灵魂柔顺，却永不妥协。
>
> ——英国诗人拜伦《给奥古丝塔的诗章》

有一种短视频类型似乎很流行：一个普通人适时说出某些看似唬人的"狠话"，然后转身变装，身后发出万丈光芒。显而易见的拙劣表演，但这些视频还是会一次次吸引大众的目光。

网络上，有人代替我们直言不讳，有人代替我们去往远方，有人代替我们实现理想……而在现实中，我们则按照既定的规则建立高墙，为自己的生活设定边界，只有午夜梦回时感慨——这不是我要的生活。然而又能怎样呢？"醒来时我们已经站在现实的这一边"。

现实生活没有一键生成的特效，没有一帆风顺的人生，在前往自己心之所向的路上，每一步都充满了阻碍。正如梁文道先生所说："成年人在扇动翅膀时，两边羽翼上还挂着重重的秤砣。"

若你选择了平庸的安全，就永远体验不到远走他乡的颠沛流离与危险；如果你辜负了时间，就别责怪命运没有馈赠于你。

"人不是苟死苟活的物类，不是以过程的漫长为自豪，而是以过程的精彩、尊贵和独具爱愿为骄傲的。"（史铁生《病隙碎笔》）

成长并非简单的顺应时钟和平庸的安全，成长是妥协与坚持的两难。在这两难的夹缝中艰难行走，是每一个对自己负责的成年人必须经历的道路。

歌颂

作者：唐小米　朗读：冯兵

我有时爱，有时又不爱

有时把自己装进盒子，有时又跑出来

在天空放马。

有时开向日葵的花，有时又像无花果

我怕一辈子都像无花果，开着委屈的花

于是把房间凿满了窗户

却像一只虫子住进菠萝里

我被菠萝蜜酿得又软又小

实际上，我经常这样

一个人，一点一点死去

就像一条河，一点一点变成沙漠……

可每次我都如约醒来

被命运这富有者收藏

它用时光编织的金丝笼圈养我

用孤独的鞭子抽打我

让我像一只黄莺

热闹地活着，并学会了歌唱

选自《在银子闪光的年代》，长江文艺出版社

唐小米

中国作协会员，《诗刊》社第二十八届"青春诗会"和第三十一届鲁迅文学院高研班学员。作品见《诗刊》《十月》《新华文摘》等刊，著有诗集《距离》《白纸的光芒》。获2011中国年度先锋诗歌奖、第二届河北诗人奖等。

首先我值得，然后是我的生活

一条小路 / 文

好像很难说一直爱着什么。生活里填满了细碎的变化，我们也并非始终如一。

独自走过一段岁月后，会恍然发觉，时光已然给予我们诸多无声的教育，其一便是不去轻易评判和妄下论断，无论对外物，还是对自身。

年少之际放言未来，自信而憧憬的口气里有着难以掩饰的不妥协，待到真正与现实正面交锋，才领悟学会和解是如此艰难却必要。

唐小米的诗歌仿佛一面镜子，让我们照见了那个集拧巴与舒展于一身，被矛盾裹挟着前行的自己。

也恰如中岛敦在《山月记》中所描述："我深怕自己本非美玉，故而不敢加以刻苦琢磨，却又半信自己是块美玉，故又不肯庸庸碌碌，与瓦砾为伍。"

及至被这种拉扯的状态连带着，对待生活亦是时而欢喜投入，时而厌弃逃离。

有人说自洽的本质是偏爱和救赎。无须摘取多少褒义词装扮自身，以期获得他者的认可与称道。

更为重要的是，直面并接纳最真实的自我，允许其存在瑕疵，接受碰撞时的碎落。只是一次又一次，义无反顾地黏合、修复，拯救自己于水火。

或许只有当我们的内心宇宙不再动荡不安，外在表现才能从容不迫。届时自己可能并非最好的，但一定真实而丰盈，微笑着与生命中的一切握手言和。

勒内·夏尔的《编年史》中有一句流传许久的情话："我爱你，以所有的变化，忠实于你。"希望有一天，我们也可以说，无论自己曾如何变化，最终还是爱着，并忠实于自己的生活。

惊奇

作者：李元胜　　朗读：卢庚戌

一些小事情

构成了活着的我

而从前的房屋和人群

已经在某种玻璃中间

现实正向那儿流去

我向所有活着的生物致敬

我停留之处

花朵、太阳

被河水冲歪的小船

都在平静地表达自己

我们深处有一种欢乐向上的东西

它使包围着生命的一切

永远令人惊奇

没有多余的日子

夜里我听见河上传来的歌声

不需要解释

我们都是月亮的一部分

选自《天色将晚》，中国青年出版社

- 诗歌作者 -

李元胜

　　诗人、生态摄影师。代表作有诗集《我想和你虚度时光》《无限事》。曾获鲁迅文学奖、人民文学奖等。

不如像孩子一样去寻找

杏子 / 文

秋天是所有生命的转折。

万物生长，极盛而衰。草木凋零，蛰虫休眠，不知从什么时候开始，世界渐渐安静了下来。但这沉寂只是暂时的。

"风吹枯叶落，落叶生肥土，肥土丰香果。"（日本纪录片《人生果实》）不同的季节里，植物有着不同的生长规律。

那些无人知晓的岁月里，植物们也在悄悄积蓄力量，等到春风来的那天，"撑起一颗巨大的星球"。（日本纪录片《人生果实》）

冬雪夏雨，春华秋实，万物的生长就是这样一个长期而持续积累的过程。所以诗人说：

我向所有活着的生物致敬

我停留之处

花朵、太阳

被河水冲歪的小船

都在平静地表达自己

和植物一样，人生也是一个积累的过程。

日子一天天度过，每一刻、每一日都构成生命的一环，生命也在一天天的累积和循环往复中走向成熟、衰老。

就像诗人说的，"一些小事情/构成了活着的我"。假如翻开我们的手账或日记，纸页上大多记录了生活里那些美好而特别的事。它们和那些没有被记录的，我们生活里无数平凡而普通、重复而闪烁的日常一起，组成一个完整的人生。

很多时候，我们都在不断地寻找一个奇迹般的人生转折点，一个无限自由的远方。

然而，人在憧憬远方、追寻奇迹的时候，常常会忽视眼前的一切。

无论过去还是未来，都在这里发生；我们的目光所及之处，也只有脚下所站立的世界。这个世界无限宽广，也是我们唯一可以看见的世界。

赶路太久，有时可以停下追逐的脚步，窥向自己的内部，去构建一个属于自己的奇迹和生命之所。

到那时，也许我们会发现，在我们自身的深处，"有一种欢乐向上的东西／它使包围着生命的一切／永远令人惊奇"。

和我们生命中的许多事件一样，有些解释是不必要的。风来了，又消失了；叶子落下，来年又会长出新的枝叶。没有日子是多余的，人生道路漫长，所遇都是风景。

篇章三

爱

现在让我们去爱街上任何一样东西（节选）

作者：黄灿然　朗读：周蕙

现在让我们去爱街上任何一样东西——

这红绿灯闪烁；这药房的招牌

在白天的喧腾中不惹眼，但如果是在清晨

街头荒凉的时候，它会竖立在那里，像一个男人

一大早醒来，穿一件白背心呆立在阳台。

这些水果，橙、木瓜、水晶梨、苹果、凤梨、奇异果，

你都想捧些回家供起来，因为它们都新鲜得活生生，

让你不忍心吃或舍不得吃。这些蔬菜，白菜、油菜、苋

菜、红萝卜、绿豆芽、青瓜，也新鲜得让你想起自己还

是个单身汉，

而拥有一个家庭的幸福感似乎已触手可摸。这条私家路

只是对汽车而言，对人它是公开的，谁都可以像你我

这样

一无所碍地穿行，但奇怪它竟像我们的私家路似的，

瞧此刻只有我们在走，使得两边那些涂上蓝油漆的拦

路石

也显得井井有条像一个个立正的海军士兵。让我们往回
走吧，

你看那山边绿里透亮！天空多辽阔！白云在奔跑！

风吹过那棵大榕树，树叶层层叠叠，摇曳不已。

选自《奇迹集》(增订版)，新星出版社

多么奇怪，不美丽，却可爱

肖尧 / 文

走到外面的街上，拥抱你遇见的每一个人。

告诉他们他们有多么美丽。

——日本艺术家　小野洋子《舞蹈篇 VI》

若你也是画画的人，便一定能理解为什么有人在坐地铁的时候，总是盯着别人衣物上的纹路、印花，久久细细地琢磨——就像诗人良久地伫立在一块毫不起眼的广告牌前——猜想当初他们挑选每一件衣物和配饰时，是被哪个细节打动的。

他们知道包上雾紫色的花是什么花吗？各色的旗帜各代表哪个国家吗？那无限延伸下去的线条将通往何方？生活可爱又迷人，每个人的衣物都不一样。即使相同，也随着不同的身材和运动的轨迹生长出截然不同的褶皱来，如我们身体上的每一处皱纹，皆来自每一次在生活里毫无保留的嬉笑怒骂。

于是，多么奇怪，每个人的高矮胖瘦、每个物件的美丑与否都好像无关紧要，因为他们都新鲜得活生生。

看过一则小故事。传闻俄国作家索洛古勃曾去看望列夫·托尔斯泰，对他说："您真幸福，您所爱的一切您都有了。"托尔斯泰回答道："不，我并不是拥有我所爱的一切，只是我所有的一切都是我所爱的。"

现在让我们去爱——无论你是否拥有一切，首先要让自己心怀爱意，让爱把我们的心胸撑得平坦旷荡、浩瀚无涯，便有足够的空间去容纳一条条街道的喧嚣热闹、一个个水果的新鲜生动……山边绿里透亮，天空辽阔，白云奔跑，树枝摇曳。

"托尔斯泰说：忧来无方，窗外下雨，坐沙发，吃巧克力，读狄更斯，心情又会好起来，和世界妥协。"（木心《文学回忆录》）

味道

作者：张静雯　朗读：朱卫东

我喜欢刚出炉面包的味道

昏黄的厨灯下，柔和的色彩

我喜欢新鲜的蔬菜

在竹篮中控水的模样

一滴滴水珠微颤着，像刚洗完澡

还未来得及擦拭

我喜欢蔬菜倒进锅里时

欢快地一声"嘶——"

以及煮果酱时的气泡

浓汤低沉的咕嘟声

我想我是喜欢你

低头认真吃饭的样子

喜欢看空了的盘子

而也许我最喜欢的则是

用明火、用蔬菜、水果

用肉禽蛋、面包咖啡茶

用一切食物

炮制出我喜欢的一种

有你存在的味道

选自《未完：365 首诗》，广西师范大学出版社

- 诗歌作者 -

张静雯

诗人，著有诗集《未完：365 首诗》。作品发表于《诗探索》《诗刊》《诗潮》《飞天》《视野》《阳光》《北方文学》等刊物。

爱不爱，一起吃顿饭就知道了

哆啦 / 文

味道甚至是难于记忆的，只有你又闻到它你才能记起它的全部情感和意蕴。

——史铁生《我与地坛》

此刻，万物都在酝酿初秋的况味。秋日里白露浸湿草木的芳香，街边温热的板栗香，小家里鲜美的蟹香，还有给人莫名慰藉的桂花香……

凉风起，桂花的味道更是将整座城市笼罩在清凉的童话世界，清甜的幽香将人们裹进一场限时秋日梦境，可爱的桂花像月下闪闪发光的星星。

每个季节似乎都有别样的气息。想起安德烈·艾席蒙在《夏日终曲》里的分享："夏天我听鸟唱歌，闻植物的气味，感觉雾气在阳光普照的温暖日子里从脚下升起，而我敏锐的感官总是不由自主地全涌向他。"

世界本是有滋有味的，我们时常留恋一种味道，其实是留恋于味里的人和事。

当你意志低沉，遍地的失落无暇细数时，曼妙的味道便是重启自我的良方。我们习惯用某种味道来表达情感，比如咸咸的泪水、甜蜜的回忆。

蒋勋先生曾说："嗅觉像是一种注定的遗憾，它在现实里，都要消失，却永远存留在记忆里。"

就像法式的玛德莱娜小蛋糕，是普鲁斯特追忆似水年华的起点。每当把祖母送来的蛋糕浸在茶中，往事随即涌现……让人再度同流逝的时间重逢。

"我们用味道搭讪，用一块蛋糕说你好。我们用味道疗伤，用一杯烈酒说再见。唇齿是连接生命个体与世界的大门，味道是钥匙。"（吴惠子）

一日三餐，欢腾的寻常被揉进柴米油盐，生活就会变得灵动起来。

"最粗浅的例像白煮蟹和醋、烤鸭和甜酱，或如西菜里烤猪肉和苹果泥、渗蟹鱼和柠檬片，原来是天涯地角、全不相干的东西，偏偏有注定的缘分，像佳人和才

子，结成了天造地设的配偶、相得益彰的眷属。到现在，他们亲热得拆也拆不开。"（钱锺书《吃饭》）

站在五味馨香的厨房，炮制着有你存在的味道，这样的日子是踏实的。

一如三毛说的："爱如果不落到穿衣、吃饭、睡觉、数钱这些实实在在的生活中去，是不会长久的。"

味道是看世界的另一种方式，它能营造独特的空间，那些不断扩散的分子，虽不可见却在无形中抚慰着每个灵魂。

你变成了月亮

作者：隔花人　朗读：马凡丁

我走过一座桥

就想到这比我们停下来吹风的那座桥

旧一点，长一点

我在迷路时遇到花店

店员小心修剪花刺

比你送我的那朵懂事一点

后来我再遇见谁都有了无法避免的参照

唯独月亮还是那个月亮

我在深夜抬起头突然意识到这深深的遗憾永远在天上

我啊，还没有和你一起偷看过月亮

选自《星期六晚我们去散步吧》，贵州人民出版社

隔花人

　　青年诗人。她认为诗歌不在书桌前，而是在日常生活中，诗歌不必高高在上，而是人人随处可见。曾掀起"即兴写诗""带着诗歌上街去"的新浪潮。

请在春夜里把我思念

婵 / 文

此刻想和你聊聊思念，因为暮春时节适合怀想，适合追忆。

我所谈及的这种思念无孔不入，在黄昏与夜晚对峙的缝隙，在前一秒与下一秒呼吸的间奏，它随风而来，又随风而去，像凌晨四点钟的鸟鸣，像被树叶梳理过的日光，像已经凋零的花，在时间的稀释下，还残留一缕淡淡的幽香。如作家黎戈所言，这种思念，"没有想念那么黏，没有想望那么热，只是稀薄的想念"。

他已不再是你火烧眉毛的生活，仅仅是普鲁斯特品尝玛德莱娜小甜点时的片刻欢愉与消遣。

不可能老是想着你

你不是我火烧眉毛的生活

但当闲暇时候

就会偶尔把你想起

——海桑《想起一个遥远的朋友》

思念已成为你生活的一部分，那是你的冥想时刻，你习惯了他突如其来出现在你脑海，你们共同经历的时光，如正午时分的树影闪烁在平静的湖面上，影影绰绰，流光溢彩，轻轻地来，淡淡地走，却不曾掀起波澜。

只有那些曾经共同畅想却未能实现的遗憾深深地沉坠于湖底，让你常常追忆。

请在春夜把我思念，

也在夏夜把我思念，

请在秋夜把我思念，

也在冬夜把我思念。

——叶夫根尼·叶夫图申科《恳求》

当时间越来越多地倾注于思念中，这种遗憾也将被流水蚀刻，化为一缕叹息，最终变成月亮表面的一层光晕，遥远、彷徨、若有若无，只在最深最寂寞的夜里与你相逢。

"当岁月流逝，所有的东西都消失殆尽的时候，唯

有空中飘荡的气味还恋恋不散，让往事历历在目。"（马塞尔·普鲁斯特《追忆似水年华》）

随遇而安

作者：陈建斌　朗读：陈建斌

在你出生以前

我就认识你

两个天真的恋人

一起勇敢地旅行

漫游在大地上

没有目的地

清晨踏过露珠

夜晚住在梦里

麦子做成面包

葡萄酿成酒

人们若不相爱

就会变成石头

在语言被发明以前

我就会说我爱你

在时间被发明以前

我就知道是一万年

- 诗歌作者 -

陈建斌

　　1970 年出生于新疆乌鲁木齐，毕业于中央戏剧学院，演员、导演、编剧。

在春天，拥抱爱的人

南南 / 文

爱是记忆，是缘分，是一种突如其来的感觉。

爱是包容，是期盼，是一种责任……

关于爱，我们总是能从不同人的经历中得到不同的答案。

很难给爱一个完整清楚的定义。我们大多数人可能会在某些时候富有深情，但这并不意味着我们有爱的能力。尤其当我们处在一段情感关系中时，所有既定的答案和定义在现实处境前，都显得有些无能无力。

爱，很好，因为爱是艰难的。诗人里尔克说："以人去爱人：这也许是给予我们的最艰难、最重大的事。"

对爱的渴望，使我们常常赋予它许多期待和美好。但爱也是人与人之间的一种相处。初见时，被一个人举手言谈间显现的和我们意气相投的灵魂吸引，这种喜欢有时来得仓促，甚至不需要太多的理由，如呼吸一般自然。

然而，一段深刻的感情总要经历时间的累积，互相的了解、容忍、牺牲、忍耐……更需要一种坚定。

因此，平凡生活里的爱，没有想象中的跌宕起伏，却总是真挚动人。

两个不完美的人在一起，彼此包容对方的不完美，度过漫长的时光，这样的爱，更贴近现实，有它不浪漫的一面，真实而诚恳。

就像朱生豪在信中所说，"我们都是世上多余的人，但至少我们对于彼此都是世上最重要的人。我一天一天明白你的平凡，同时却一天一天愈更深切地爱你"。

相遇的时候

作者：林婉瑜　朗读：周游

一定比海洋还大的啊这人生

坐着各自的小船

也许下一秒就会

出现

在彼此的视野

由远到近

由小变大

终于遇见

终于相聚

于是可以一起观测一下星星

于是可以一起晒一下上午的太阳

于是可以一起追踪海豚和鲨鱼

在大浪

把我们分开以前

在大浪

把我们分开以前

也许以后

不会再见面了

相遇的时候

做彼此生命中的好人

选自《那些闪电指向你》，中信出版集团

林婉瑜

诗人，台北艺术大学戏剧系毕业。第11届台北文学年金得主，"2014台湾诗选"年度诗奖得主。著有诗集《刚刚发生的事》《可能的花蜜》《那些闪电指向你》《爱的24则运算》等。

在寒冷的日子，允许我笨拙地拥抱你

肖尧 / 文

在现代社会里，人与人之间的联系似乎变得尤为便捷，反而越来越难经历一场走心的相遇，开启一段称心的爱情。

成年人的孤独往往很矛盾，一面不愿被打扰，一面又极力渴望被拥抱。

自顾不暇的年轻人被围困在大城市里，"长安米贵，居大不易"也是当下的现实。为了生存，大量的时间正被工作所侵蚀……

每个人奋力划着各自的小船漂泊着，又无时无刻不期待着——视野里能浮现一位合适的人——携手驶向共同的彼岸。

即便海面会掀起惊涛骇浪，但筑造的小千世界若是安稳，便有了双倍的信念去抵御外界的困厄，又何惧前方暗礁险滩？

就像复旦大学梁永安老师所分享的，"如果每个人都能拥有一个温暖的小世界，这个社会就是温暖的，人心里的戾气、焦躁都会平缓得多。爱情在社会和家庭之间，有一个很大的互补和调试作用。"

在现实里，对爱情想象的窄化，让有些人终其一生都遇不到那个"对的人"，恰恰是这种神秘稀缺性，使"相遇"变得愈加珍贵，愈加令人着迷。

于是，更多的人会选择虔诚等待——待那千载难逢的"下一秒"，待那"对的人"出现——并深信那迷路之人，正在赴约的途中劈波斩浪……

相遇的时候

做彼此生命中的好人。

相遇何其有幸，而相知又何其漫长。我们需要同生命里的这位"好人"磨合，使其成为自己的爱人。或许，爱情里没有绝对的公平，只有妙不可言的契合与熨帖。

毕竟，我们所追求的是切实的幸福感，而不是所谓的公正感。

若是遇到了"对的人"，请不要吝啬你的拥抱，因为每次拥抱都是一次爱的确认。

很多时候，再多宽慰的话都不如一个治愈的拥抱。

但愿那个"对的人"能及时在你的视野里发光——恰好相遇，恰好都想认真开启一段亲密的关系，共同努力把对方变成自己命中注定的那个人。

且以深情

作者：林珊　朗读：安悦溪

我希望你是快乐的

至少在这个秋天

我希望你还能收到

来自远方的信件

即便那已和我

没有丝毫的关系

我希望你手腕上的手表

永远停留在凌晨三点

那时候的我们

还没来得及穿过人群

拥抱风雪

选自《好久不见》，南方出版社

爱是世间难解的事

林翠羽 / 文

> 我坐在树下，很想给他写一封信：
>
> "旧时春光明媚，冬青树上还有鸟鸣
>
> 我们之间，没有开始也没有结局"
>
> ——林珊《旧时》

即使分开之后，我还愿意对你说一句，希望你是快乐的。

秋渐深，天气转凉。在寂寥的秋日里，生活上演的分别更是平添了几分感伤。

分别时许多告慰的话已没有了恰当的语境。在此之前内心交战也已经太多了，挽留的言辞让人为难，故作轻松也并非容易。

只是忽然回忆起曾经相伴时，有过许多欢乐时光，都是一些微小的事。"我希望你手腕上的手表 / 永远停留在凌晨三点"。但时间怎么会凝固？从今往后，没有了彼此的参照，要各自迎接生命中的风雪了。

我写下一封信，却迟迟没有寄出。我们之间的情义还要记起吗？那些痛与爱的交织。每回想起一次，就是复习一次失去。

我们是在彼此的凝视中，在推心置腹的秘语里，在失去的痛苦中，一点点触摸到爱的面貌。爱，是重要而复杂的事；爱，也需要习得。

谷川俊太郎在一次采访中被记者问到这一辈子最看重的是什么，已至耄耋之年的他说，是爱。他通过爱不断对人生进行思索。他有过三次婚姻，每次都义无反顾地爱上，又回归到一个人的生活。他通过各种形式的爱，了解自己，了解自己在这个世界的位置以及和世界的关系。

沉默是生命的底色，每个人都是孤独的。在一起的时候，彼此的爱化解了孤独。分别之后，你的缺席，让我在后来的日子里学会了一个人按时吃饭、睡觉，一个人提着菜篮子，小心翼翼过马路，逛集市。原来独立生活并没有那么难，就这样坦然接受生命中的一段留白。

　　爱也不必围着一个人转，独处时感受季节的流转、天空与大地的守望，发现自己内在充沛的生命力，去爱更广袤的世界吧！

劳作

作者：冯娜　朗读：姜超

我并不比一只蜜蜂或一只蚂蚁更爱这个世界

我的劳作像一棵偏狭的桉树

渴水、喜阳

有时我和蜜蜂、蚂蚁一起，躲在阴影里休憩

我并不比一个农夫更适合做一个诗人

他赶马走过江边，抬头看云预感江水的体温

我向他询问五百里外山林的成色

他用一个寓言为我指点迷津

如何辨认一只斑鸠躲在鸽群里呢

不看羽毛也不用听它的叫声

他说，我们就是知道

——这是长年累月的劳作所得

选自《无数灯火选中的夜》，中国青年出版社

冯娜

生于云南丽江，白族。著有《无数灯火选中的夜》《寻鹤》《颜如舜华：诗经植物记》《唯有梅花似故人：宋词植物记》等诗文集多部。曾获华文青年诗人奖等文学奖项。参加第二十九届"青春诗会"。首都师范大学第十二届驻校诗人。

选你所爱，爱你所选

阿一 / 文

如果你问一个人什么是"诗意的生活"，答案也许是"拥有闲暇""出门散步""看云听雨"……而绝不会是工作。

我们总喜欢把生活和工作区分开来，尽管这二者往往密不可分。只要提到后者，恐怕很多人都厌烦。因为它总和"谋生""养家糊口"这样理性的现实联系在一起。更有甚者，你也许感到疲于奔命的工作拖垮了身体，恨不得早点退休，享受美好人生。

然而读到这首诗的时候，我感到工作这件事，其实有点像婚恋，还挺浪漫。

我们都明白，就业要"选你所爱，爱你所选"。你会碰到形形色色的工作机会，就像你会和许许多多的人相识。但你有自己的条件和要求，碰到唯一真爱的机会非常渺茫。

足够幸运的话，你会从事一件喜爱的工作，仿佛开启了一段相恋的旅程。过程中，既需要"渴水、喜阳"这样蓬勃热情的生命体验，也需要一些想静静的空间。

刚开始工作的时候，谁不曾怀揣着向往呢？那种对实现自我、创造价值的渴望，仿佛所为之事"实现的是大地的深远梦想的一部分"。就像你爱一个人，你忍不住想花时间和精力去陪伴，掏心掏肺地为对方着想，无时不刻不在惦念。

你会发现，无论付出多少，无论你们三观怎么一致，也时常意见相左。于是你因争吵而疲乏，怀疑爱情，怀疑人生。工作中，磕磕绊绊的事情难道还少吗？

接下来，如果你有足够的爱，去宽容和坚持，就会逐渐步入"平淡才是真"的阶段。经年相守所得到的，是一种无须言说的默契。

这世间的一切感情都需要我们在相处中练习经营。如果为了爱的人付出是一种浪漫，那么，为了喜欢做的事情而具备耐心，又何尝不是一种诗意呢？

愿我们都能从日复一日的工作中成长，收获丰富的人生体验，珍爱那些带来成就感、快乐和幸福的时刻。

去痛岁月

作者：谈骁　朗读：黄莺

美好之物留下的痕迹

总是多些。爬山时看到的

不是脚下的路，而是山顶的云；

再挤一挤，地铁的人堆里

就有你的立足之地；

深夜从饭局出来呕吐，

从医院出来痛哭，

总能找到一棵可以扶的树，

背后经过的人，不管嫌恶或者怜悯，

也会停留片刻，或者递上一片纸巾……

一生就被这些看不见的善意围绕，

万家灯火中有一盏独为你亮着，

人群中还有一个爱着你，沉默而持久。

你睡前拉灭了灯

黑暗之物都已被照亮过了，

你快要忘了爱过谁

像要通过遗忘去爱更多的人。

选自《说时迟》，武汉大学出版社

谈骁

1987年出生于湖北恩施，土家族，湖北省文学院第十二、十三届签约作家。代表诗集《说时迟》。参加《诗刊》社第三十三届"青春诗会"，曾获《长江文艺》诗歌双年奖、《扬子江诗刊》青年诗人奖、华文青年诗人奖。

夜要深了，而一切已被照亮过了

乌有／文

虽是破旧的东西，但却如此美丽。

——日本画家、诗人竹久梦二《物哀》

"虽然……但是"真是个有意思的句式，明明更在意的是后面的部分，却要先提一个不同甚至对立的前提，像是暴雨后的平静，苦尽甘来。"但是"之后的，是舍弃，温柔的坚定。就好像，虽然冬日凛冽，但是记住的都是温暖的事；虽然世界没有想象的那么好，但是美好的事确实真真实实地发生过。

记忆仿若透明的漏斗，自主过滤掉那些坚硬而生涩的沙粒，我们手捧时光，看不见黑暗的针刺，不是生命过于脆弱，是那些盐渍般留下的美好记忆在一粒粒地闪耀着。

在事物的多面里，选择看到什么，就慢慢构成了你所选择的人生。爬山时看到的是山顶的云，痛哭时倚靠着一棵坚实的大树，也许无数人与你擦肩而过，但总有一盏灯为你而亮。

亨利·詹姆斯说："不要让自己过多地消融于世界，要尽量稳固、充实、坚定。我们所有人共活于世，那些去爱、去感知的人活得最为丰盛。"

将痛苦榨干，将岁月晾晒。生命可以重新编码，重新获得样貌。

就像歌曲《漠河舞厅》里的老人，独自起舞，爱在旋转的舞步里翩飞，在明灭的灯火中显现，"你会来看一看我吧，看大雪如何衰老的，我的眼睛如何融化……"三十年，爱没有消融，却在更新，汲取更美的生命力。

多说一些"但是"吧，你会发现走出一些事没有那么难，会发现遗忘也不过是遗忘，怀抱爱穿过一切的背面，接受崭新而明亮的诠释。

夜要深了，一切"已被照亮过了"，今天就要逝去，而我们已深深爱过了。

旅行

作者：扶桑　朗读：陈奕雯

1.

如同一封没有收信人的信

我把自己投递给远方

夜幕、晨曦、田野、山岗

微微磨损的信封一角，贴着

半个月亮——

2.

世人的诸多身份中

唯有这两个，依然能让我激动

——恋人，和旅行者。

而旅行，就是与山水恋爱

3.

我不是在旅行

我想见识世界、见识美

见识它的万千种形态和

我散落在那里的心

4.

旅行开始于启程之前

有如回信于收读之际

我带尽量少的行李和

一本薄薄的诗集，尽量去往

遥远、陌生的地方——

选自《变色》，北岳文艺出版社

扶桑

诗人，1970 年 10 月生。著有诗集《爱情诗篇》《扶桑诗选》《变色》。入围 2010 年华语文学传媒大奖年度诗人提名，获《人民文学》"新浪潮诗歌奖"、《十月》诗歌奖等多种奖励，部分诗歌被翻译成英、德、日、韩、俄等国文字。

旅行是书写自我

一条小路 / 文

　　有人说旅行是对平凡生活的一次出逃；有人戏称温柔有趣的人生，一半是山川湖海；除了这一生，我们又没有别的时间，能走多远就走多远吧……每个人对旅行的定义不一而足，也会因为不同理由而踏上去往远方的路。细细想来，漫漫人生又何尝不是另一重意义上的旅行？

　　费尔南多·佩索阿说："只要活着就是旅行。我从一天去到另一天，一如从一个车站去到另一个车站，乘坐我身体或命运的火车，将头探出窗户，看街道，看广场，看人们的脸和姿态，这些总是相同，又总是不同，如同风景。"

　　尽管经历再多也无法篡改时间、延长生命，但那些进入眼睛和心灵的风景，将随着岁月风干而化作永恒的瞬间，点亮平凡琐碎的时刻，并无限扩充生命的容量。

在诗人北岛看来，"旅行是一种生活方式。一个旅行者，他的生活总是处于出发与抵达之间。从哪儿来到哪儿去都无所谓，重要的是持未知态度，在漂泊中把握自己，对，一无所有地漂泊。"

58岁自驾游女士苏敏，以亲身经历证明了在旅行中把握自己的可行，乃至实现了很多人"换个地方，重构自我"的理想。

出发前，她是被原生家庭与不幸婚姻所裹挟的家庭主妇，不必说自我，就连属于自己的时间都难得。尽管最开始是义无反顾地逃离，但在此后的漂泊中她不断刷新着认知与人生，成为百万视频号博主，拍摄奢侈品广告，四处演讲和分享，被年轻人追捧为偶像。

或许我们无法拥有苏敏女士的魄力，真正开启一场漫无目的的旅行，寻找未知的自己。但在日常生活中，保持对壮阔山河、未来岁月的好奇，会赋予每个平凡的一天活力与新鲜感。对远方和今后有所期待，令我们更充实地活在此时此地，用心安排好眼前的生活。

风在悬崖落了空

作者: 黄锐　朗读: 朱卫东

风在悬崖落了空, 远处的森林
于是丝毫未动。此刻你对我说的话
格外清晰, 你抖动的睫毛
和松鼠跳过的枝头并无差别

像卑微的人也会做着伟大的事
我试图带着某种尊严完成这一天
我允许风打乱日历和我的衣装
在你的发丝编织的帷幕前

没有什么是无辜的, 即使是花朵
还有你身后流淌的群蜂
可你爱它们, 你爱这森林的缝隙里
被阳光颤动的一切

可我爱你。我爱你在平静的日子里

承受的每一滴雨

它们成千上万，吵吵嚷嚷

定义着生命之外的不可知

选自《风在悬崖落了空》，新星出版社

- 诗歌作者 -

黄锐

　　诗人，生于20世纪80年代的山东威海。长诗《母亲》获得首届淮安香港两地"漂母杯"散文诗歌大赛优秀奖，2016年出版诗集《看着你，就像看着远方》，2021年出版诗集《风在悬崖落了空》。

挥不去的阴霾，让我为你掩埋

肖尧 / 文

> 艰苦的生活需要希望，
>
> 鲜活的生命需要爱情，
>
> 数不完的日子和数不完的心事，都要诉说。
>
> ——史铁生《我与地坛》

五月的新夏，蔷薇正在绽放，葳蕤的树叶也在骄阳下闪着光。

在英文里，五月之名 May 源自希腊女神迈亚（Maia），温柔的她专门司管生命，给予尘世间更多暖意与活力。耐人寻味的 May 还有祝愿之意，让无所适从的日子突然有了爱的调剂与惊喜。

今年的变化似乎在深刻改变我们的生活与心灵。打量每个成年人的生活，似乎都充斥着谋生的压力和谋爱的谨慎。在倦怠与振作之间，也日渐淬炼出年轻人体内爱的韧性与渴望。

梁永安教授曾说："真正的爱情，从来不会降临到一个不懂爱情的人身上。"

反向推论，我们要去追求爱情，首先自己必须是一个富有爱的人。只有这样，我们才能在遇到那个人时，识别出命中注定的真爱，你才能全身心地投入。

爱情如斯芬克司之谜，每个人对爱都有不尽相同的定义。

有人说："如果孤独的人愿意回头，焦躁的人愿意等候，内向的人愿意开口，也许这就是爱情最真实的样子。"

真正相爱的人总会拥有很多心照不宣的快乐，在彼此欢愉的往事里，似乎都存储着治愈心情的灵丹妙药。灵魂契合的伴侣总是会洞悉彼此日常的情绪起伏，他们既能深刻地交流，也可以一起深深地沉默。

弗洛姆认为，天真的、孩童式的爱情遵循下列原则："我爱，因为我被人爱。"成熟的爱的原则是："我被人爱，因为我爱人。"幼稚的爱是："我爱你，因为我需要你。"而成熟的爱是："我需要你，因为我爱你。"

尘世间的感情都能以直觉般的喜欢与否决定取舍，但是婚姻不行，因为它虽出于喜欢，却要终于一份成熟的爱，终于责任和守护。而爱的相守，更需要一生去修炼。

可我爱你。我爱你在平静的日子里
承受的每一滴雨
它们成千上万，吵吵嚷嚷
定义着生命之外的不可知

在柴米油盐的生活里，或许所有爱的光芒都会变得暗淡；生活如果只限于一地鸡毛的话，爱会退回到本来的面目。

唯有成熟的亲密关系，才会让彼此心甘情愿地分担生活的负担，共享它的果实，让周而复始的生活不断更新，螺旋上升。愿你在夏日里温柔的付出，得到深情的回应。

篇章四

瞬间

生命中有很多时刻

作者：戈麦　朗读：卢庚戌

生命中有很多时刻我们空缺

就像婚礼上

一位默默的缺席者

缺席，在下午，还有全部夜晚

将要错过

没有人看过神

神将我们的悲剧安放得更多

一架埋掉的船只，一小块旧广场

风要集合

生命中有很多时刻，我们无法填补

我们望着一串串的流火

一生在梦境中度过

选自《戈麦的诗》，人民文学出版社

戈麦（*1967—1991*）

　　原名褚福军，祖籍山东巨野，有北大"校园诗人"之称。代表作品：《誓言》《南方》《如果种子不死》等。

那时错过了，后来遇见的都不是了

西安 / 文

> 只因这个地方还和从前一样，
>
> 使得你的缺席像是一股残忍的力量，
>
> 因为在这所有的温柔之下
>
> 一场地震的战栗来临：喷泉，鸟儿和青草
>
> 因我想起你的名字而颤抖。
>
> ——英国诗人伊丽莎白·詹宁斯《缺席》

我们的一生，仿佛常常处于顾此失彼的境况中。每时每刻，此处在场，就意味着别处缺席，循环往复。生活的缺憾，便在我们换场的间隙发生。

> 缺席，在下午，还有全部夜晚
>
> 将要错过

在某些当下，几个事件或会同时进行，而我们仅仅能够去经历其中一个。往往你所选择的，对你而言是

那个当下最为重要的事。

　　然则生活的荒谬之处就在于，有时，你需要在同等重要的事件中择一而就。无论如何抉择，我们总要缺席另一场合，而这次缺席，或许将使你错失某些事、某个人。

　　在场，是一个尤为让人雀跃的词，就像是圆满的别称。那翘首以盼等待你出现的人，他身旁的空位，迟迟没有人过来坐下。

　　生活的潮水涨了又退，退了又涨，当全部的往日重新涌现在你眼前时，再去仔细辨认那些分岔路口，才发觉当时的自己并未全然读懂每个路口的标牌。

　　彼时，错过的人生转机与某位粲然的笑容，都成了后来人生中每每想起便觉得十分遗憾的事。而现实如诗人所感慨，"生命中有很多时刻，我们无法填补"。

　　那些醒目的空缺，慢慢在记忆中连成一片，变为深邃的洞口，每有狂风乍起，便发出低沉的呼啸，似在提醒我们别再缺席生命中那些珍贵的场合。

　　秋日的黄昏落尽，树叶的暗影摇摇晃晃，慢慢潜入黑夜。对面的窗亮起一盏暖色的灯，将我们拽回温热的生活。

　　钟表嘀嗒嘀嗒地响着，待明日来临，还请记得按时赴约。

清晨

作者：陈小虾　朗读：黄莺

我喜爱这样的清新

有山有水有雾

还有即将蒸发的露珠

晨光稀疏，洒在书桌上

风吹动，时光里

珍藏的三片树叶

此时，城市上空定有一阵暖风

掀开帘子，窗前一角天空

湛蓝

鸟儿偶尔飞过

影子落在砖墙上

像速写的神奇密码

记录这平凡里淡淡的幸福

选自《可遇》，长江文艺出版社

陈小虾

1989 年生，福建福鼎白坑人，2013 年开始诗歌创作。作品发表于《人民文学》《诗刊》《诗潮》《诗探索》《福建文学》等刊物。作品曾入选《诗刊》社第 36 届青春诗会，获"诗探索·第三届春泥诗歌奖"，参加《诗潮》首届新青年诗会。

你看，那一簇樱花开了

清子 / 文

江南四月的绿意在柔和的微风里一点点洇开，早高峰的街道永远攒动着步履匆匆的人们。这里的春天是骄矜的，混杂着城市里长久沉淀的仓促感。

很多人讲春天是万物萌生的季节，呈现着全新的欣喜。也或许对于一部分人来说，季节流转中的春天不再是可以重新书写的一页白纸，它是经过一个深重寒冬后的另一个机会，让我们有一个从容的心态去修补过去日子里的漏洞。

我们在春天获得朦胧的机会，于夏秋之间经历季节的锤炼，又于冬日尽头收获时光所赠予的成熟的完满。总是过了很久才能明白，生活并没有太多洁白的稿纸，你所拥有的只能是无数次修改的机会。

在这样的春天，找回丢弃在时光里的纯粹的诗意，重新留意有序生活背后那些细微而热忱的付出：朋友对自己长久的陪伴，快递员在路上马不停蹄地奔忙，地铁检修员在寂静的夜里为天亮后的正常行驶检测路况的安全，家人下班时转去街角你最爱的那家店里打包一份小吃。

他们躲藏在时光的角落里，为你而来。

我们习惯了抬头望向遥不可及的月亮，听着窗外飞驰而过的汽车碾压马路发出的轰鸣声，像城市里的路灯那样，还没等到橘黄色的光线完全沉没进黑夜便迫不及待地亮起，日日夜夜奔走在红绿灯的交替之间，忽视了春天是如何郑重地，给每一个人发了入场券。

在这样的季节，不必抬头直视过于炙热的太阳，不妨偶尔低头看看落在砖墙上的下午四点的光影。春天是耕耘的季节，不必过于在意某种不可得，或者已失去。珍惜邂逅的一棵青苍的树，一株在风里微微摇曳的花朵，把它们放在心里。

柳絮是四月的雪花，带着冬天未完成的遗憾与梦，降落在春天的新生里，时光的停顿，你不经意的回眸，是关于春天的全部构想。

旧梦（二十六）

作者：芒克　朗读：朱卫东

满载着沉甸甸的心

你生命的车轮已驶过一段艰苦的路程

如今，你不再想回过头去

看着那些紧锁着眉头的日子

你不再想对他们讲述

讲述那些因痛苦而写成的故事

如今，你只想往前走

你只走往前去听一听

那由于想象而引起的欢乐

你只想去得到欢乐

如今，还有什么可值得留恋的

你听，那生命的车轮所转动的声音

不就是在告诉你

往前走，你只有往前走

你是在抛弃痛苦而寻找欢乐

选自《一年只有六十天》，译林出版社

芒克

原名姜世伟，诗人。1978 年底与北岛
共同创办文学刊物《今天》。代表作：诗集
《阳光中的向日葵》《芒克的诗》，长篇小说
《野事》，随笔集《瞧，这些人》等。

往事不要再提，人生已多风雨

拾五 / 文

行走在年终岁尾，总会容易想起过去。

所谓"花有花香，冬有回忆一把"（林徽因《静坐》）。常常是一个物体、一种气味、一束光亮……便成为引发记忆的触机。

"在那个时候啊……"这个固定的句式仿佛一把钥匙，用以开启一个早已逝去的昨日世界：也许是遥远的童年时代，也许是正奋力拼搏的青年时代。

那时，未来看起来非常远，人不知困顿地前行，总以为一生还在前面。而如今，"满载着沉甸甸的心"，当生命的车轮驶过一段艰苦的路程，才恍然醒悟，生活已经过去，余下的，只是尾声。

年少的时日从我身边滑过，

而我从来不知道，那已是生活

——霍夫曼斯塔尔《愚人与死神》

这就是人生的残酷。过往的回忆再清晰，也已是遥远的过去。好在，属于我们的，还有现时和未来。

就像法国符号学家高概所言，我们只有现在时是被经历的。过去与将来是视界，是从现在出发的视界……一切都归于现在。

诗人也说："你听，那生命的车轮所转动的声音／不就是在告诉你／往前走，你只有往前走。"

我们恰恰生活在当下，除了稍纵即逝的今天之外别无所有。那些紧锁着眉头的日子，那些因痛苦而写成的故事，挥挥手让它们留在过去就好。

前方的路，除了自己之外，谁也不能为我们建造。人生的路还长，昨日憾事虽多，但总要学会往前走。

合欢几时有

作者：陈年喜　朗读：陈年喜

这些年

走过数不清的地方

见过数不清的山阿和草木

苦楝子开满路途

唯有合欢越来越少

那一年夏天在金沙江边

同行的伙计被江水领走

我趴在水边哇哇地哭

一树合欢照江流

照一个人一生少有的悲伤

它是汹涌的

有波涛的苍黄

命运一直是这样

翻过一座山还有一座山

通往山顶的路

逼仄陡峭飘摇蜿蜒

苦楝子开满路途

唯有合欢越来越少

选自《陈年喜的诗》，江苏凤凰文艺出版社

人生的路，走着走着，山可变丘

一条小路 / 文

漂泊与时间无关，它有宿命的特性。

——陈年喜《秋雨记》

你也是身在异乡的漂泊者吗？

好像在自己都还不曾清楚意识到的时候，身或心就已然踏上了漂泊的旅途。为生计，为梦想，为描摹未来模糊的轮廓。

这一生要走多少路，抵达怎样的终点？人人手持一份未知，答案于最后的时刻揭晓，在此之前，唯有不断地走，是追问答案，亦是书写答案。

读陈年喜的诗，大半在出发，从流转矿山到城市漂泊，平静的语调里到处是颠簸，不时还会被生死磕绊一下，你尚蹲在原地唏嘘感叹，而他早已拍拍尘土，继续赶往下一个地方，并略有些冷漠地抛出一种真相："漂泊，是我们对命运的一种寻找，我们总是以为它一定在某个最好的地方，那里四季平安，可以放下和拿起

心里所愿。可我们走到天边，也找不到。"（陈年喜《峡河旧事》）

最后披挂于身的，往往是大大小小的苦和难。

苦难是天上的星月

照见人间细小的碎裂

——陈年喜《苦难是天上的星月》

很多人在遭逢变故时，会发出相同的呐喊和控诉："为什么是我？！"似乎有什么主宰算准了抛下某种伤痛，砸到自己身上，造成可能终生都无法治愈的伤。然而，你越是纠结于命运中的被选择，那伤便越是顺势扎下更深的根。

在陈年喜看来，生命"充满了非逻辑性"，当你试图凭因索果，得偿所愿可庆幸，愿无所得也不必愤怒。让自己平静下来，拾取命运的好，也接受它的坏，在欢喜和无奈的交替里，与其和解，与自己和解。

受传统文化影响，我们总是习惯于将目光投向生活花好月圆的一面，以轻盈为最大的诗意，而鲜少转到它的背部，那粗糙里镶嵌着的沉重的部分，未尝不是另一种残酷的诗意。

"作为徒劳者 / 奔跑在徒劳的事物之间 / 努力而认真"（陈年喜《在徒劳的事物之间》）。"命运一直是这样 / 翻过一座山还有一座山"。在翻过一些看似难以逾越的大山之后，也会发现走着走着，高山变成了矮丘。通往山顶的路依旧逼仄、陡峭、飘摇、蜿蜒，而曾经被山石撞击发出的呐喊降下调来，成为平静的叙述，甚至沉默。

或许，命运的呈现本并不在于你能攀向多高的山顶，而是藏在山间的褶皱。漂泊途中向外走出的每一步，也在通往自己的内心，不然怎么会有人在世俗的巅峰上迷失，而有人还在山腰攀爬着，就认为找到了归宿。

"我们都赶着去异乡收获，而漫天的风把我们吹成风信子。"（陈年喜《麦客》）因为工作、漂泊，或其他情非得已的事，回去的路变得越来越遥远，收获里也掺杂了很多辛酸与孤独。我们要做的选择是，如何在时间的风中，写下生根的诗意。

明月夜

作者：宋阿曼　　朗读：彭冠英

我们谈谈痛楚。晚风里有口琴声

来美化这场命名仪式。我们的苦涩

来源于理解。我可以理解那些

你不想说出的，风筝线你还牵着吗？

世上的快乐太多了，于是你更加警惕

柔软的丝绒面料，梅子色的口红

还有过度的表达。你怕每一个凌晨

它们将衰老挂在窗口，谁望

谁就沦为时光的冗余。献出一滴泪

让裂口返潮，我想过重新缝合

肌体上所有的不知所措，麻醉药效该过了

你知道的。遗憾像无形缠绕的蛛丝

困住的，是许多微妙的东西。

证物已被破坏，须拽住沉默者

世上快乐太多，我们得谈一谈痛楚。

选自《我听见了时间：崛起的中国 90 后诗人》，

中国青年出版社

- 诗歌作者 -

宋阿曼

90后作家，出版小说集《内陆岛屿》。

此刻只想要热意，不要冷冰冰

肖尧 / 文

　　生活好比一个方程式，或许，我们也该像斯多葛派信徒那样，注重那些可以控制的参数，以免坠入晦暗的深谷。

　　很多时候，人们为了追寻安稳的人生，就难免会受琐事之苦。如日本作家芥川龙之介所说，"为了微妙地享乐，我们又必须微妙地受苦"。

　　不管是旧日子还是开篇的新年，无论是年轻人还是中年人，真实的生活难免会遭遇苦涩，甚至很难找到一条向上攀援的绳索。

　　生活艰难，好在寒风的罅隙里还停留着爱。就像飘摇的风筝，即使飞得再高也会牵扯着最在乎的人。

　　我们谈谈痛楚。晚风里有口琴声
　　来美化这场命名仪式。我们的苦涩
　　来源于理解。我可以理解那些

你不想说出的，风筝线你还牵着吗？

在这芜杂的人间，每天又会有多少时刻——上演着说不出口的爱，发生着不可排解的苦楚，承担着超高负荷的工作……

我们需要被理解，哪怕是一丝心照不宣的体谅。千呼万唤，眼下似乎都在求诸"内卷"，想抵抗工作对生活的侵袭，代价将异常高昂。

从"焦虑"到"过劳"就成了只能抱怨的痛……

不禁想起英国作家约翰·伯格所说："到处都有痛苦。而比痛苦更为持久且尖利伤人的是，到处都有抱有期望的等待。"

我想过重新缝合

肌体上所有的不知所措，麻醉药效该过了

你知道的。

这就是生活，它既是过去无形的遗憾，也是明日微妙的踏板。

摘下正襟危坐的面具，一起谈谈生活里的痛楚吧，尝试着活出写满答案的人生。

当我坐在窗前

作者：郑敏　朗读：卢庚戌

当我坐在窗前，当我眺望街上

匆忙中走过的人们，

你的年轻的眼睛会出现在我面前，

朋友，那时我们都那样如醉如痴

青春纵容我们，像一个偏爱的母亲。

我们踏着翠湖堤上的月光，

金银花像诗一样甜，我们好像

走在梦里，汉白玉般的石径，

半掩的木窗，窗后悄悄的细语……

朋友，我们的神经、血管

像绿叶上的脉络，吸着朝露，

当我坐在窗前，当我眺望着

街上匆忙中走过的人们，

不，不是你的眼睛，也不是我的眼睛，

是我们年轻的昨日，它的嫩叶，

它的柔枝，它的诗样的香味，

白木香花的香味，金银花的香味

都还流在我们的血里，颤抖在

我们神经末梢，我们记得

永远记得那有过的年轻的存在。

选自《郑敏的诗》，北京师范大学出版社

郑敏（1920—2022）

诗人、诗歌评论家、学者，著有诗集
《寻觅集》《心象》《早晨，我在雨里采花》
等，译著《美国当代诗选》。

我们那时多年轻啊……

杏子 / 文

> 又是春天，窗子可以常开了。
>
> ——钱锺书《窗》

春天是挡不住的。久居家中，也从窗外的世界察觉到满满的春意。

花开得正好，但也易被摧残；枯枝败落，草木蔓长，无处不在的勃勃生机如一面镜子，映照着心中的枯寂和无力。

> 你走过而消失，只有淡淡的回忆
>
> 稍稍把你唤出那逝去的年代
>
> 而我的老年也已筑起寒冷的城
>
> 把一切轻浮的欢乐关在城外。"
>
> ——穆旦《春》

时间过去、消逝、退散，我们也同它一起消逝。

很多时候，我们只能在自身的记忆里不断探寻那些已逝的过往，并借此获得一种跨越时空的、被称之为永恒的东西。

我坐在窗前。当我坐着的时候

我的青春又来了。有时我会微笑。或吐一口。

——布罗茨基《我坐在窗前》

年轻是一个意味深长的词。在词典上，它用于指代一个特定的年龄段。更多时候，它是一种气质：有理想，有许多荒唐倨傲的想法，有时多愁善感，也有一无所有也能从头再来的自信张扬。

如导演杨德昌所说："年轻是一种品质，而不是数量，一旦拥有就不会失去。"我们怀念过去，倒不是因为过去有多么好，而是那时的我们，是如此年轻。

岁月的滤镜下，那些无法挽回、无法复刻的怅惘和迷失，也具备了另一种美丽。我们小心翼翼地透过时间的缝隙，重淋一次从过去来的雨。

我不抱怨黑夜

作者：黄灿然　朗读：朱卫东

我不抱怨黑夜，出于工作

和性格的需要，我适应了黑夜

并爱上黑夜，就像我适应了生命

并爱上生命。我爱黑夜

爱到黑夜边缘，我爱黑夜

爱到白天。就像总得有人做男人

有人做女人，我在黑夜王国里

做在黑夜王国里该做的事情。总得有人

在黑夜里听巴赫和马勒，总得有人

迎接黎明迎接晨光，总得有人

天一亮就下楼走走，看看街上

刚醒来或仍在睡着的店铺，总得有人

在早上八九点钟上床，在梦中

听见真实世界或梦中世界的噪音，总得有人

下午才起床，逢休假傍晚才起床

到茶餐厅喝一杯热咖啡，然后

混在下班的人群中，假装自己刚下班

正要回家，或正在回家的途中，

顺便逛逛超级市场，买些菜，

买些面，买些鸡蛋，然后回到街上

无意中抬头，看见远方峰顶上

黑夜又已降临。

选自《奇迹集》增订版，新星出版社

在平等的节日里，我无比渴望时间的拯救

肖尧 / 文

不知你是否也有这样的感受，每过一个节日，最兴奋的时刻往往不是节日当天，而是奔赴节日的那个前夜。就像新年前的跨年夜、春节前的除夕夜，以及像今晚这样的平安夜。

温馨之夜，"平安"二字，意味深长：平淡之中，心有所安。

当白昼滑向黑夜，入不敷出的记忆也随着夜幕坦荡涌出，逐渐淹没了节日里渴望被爱的人们。

They say that nighttime is the right time

他们说黑夜才是好时光

To be with the one you love

和心爱的人一起度过

Too many thoughts get in the way in the day

白天有太多干扰的念头

But you're always what I'm thinkin'of

但是你让我不断思念

——鲍勃·迪伦《与你单独在一起》

节日会营造出一个比普通生活更浪漫、更童话的世界。

转念一想，生活里幸好穿插着形形色色的节日，才让日子变得并没有想象中那样糟。很多苦闷和烦忧好像都被冲淡了，久违的狂欢似乎能转换当下的气氛与心情。

人们似乎总会对节日有种种期待，即便眼下不能立即拥有，光是"指日可待"几个字——就能瞬间为自己蓄满电量，仿若一股暖意涣涣然流进心坎，驱散冬日里的沉闷与庸常。

不管有多冷，我们都可以凭借这一点点温暖，熬过一个又一个冬天。

俄国哲学家米哈伊尔·巴赫金，在 1929 年发表的《陀思妥耶夫斯基诗学问题》中首次提到节日在心理上对人类的重要性，并在之后的《拉伯雷和他的世界》一书中进一步阐释这个观点。

节日创造了一个独立于现实生活的空间——自由、平等、富足。

在过节的时候，阶层、收入、年龄等等隔阂都被弱化了，大家相对平等地享受着节日氛围。人与人之间形成了一种新的关系，彼此祝福、表达善意。

电影《真爱至上》大概是人们最喜欢在平安夜看的电影之一。

穿上厚实的长袜，捧着热红酒，与挚友或爱人相约共聚。总会有人陪你奇奇怪怪，可可爱爱，让你顿然恢复元气。

难忘电影里那经典的开场白："每当我对世局备感忧虑时，就会想到希思罗机场的入境闸口。人们认为世界充满仇恨与贪婪，但我却不同意。在我看来爱无处不在，虽然未必来得轰轰烈烈，但是爱永远存在。"

再长的黑夜，我们都不曾抱怨，只要平安常在，就有熬过来的福气。

希望平淡的生活能多一点浪漫的期盼，让我们变得有光又有爱。

在世的一天

作者：韩东　朗读：周依然

今天，达到了最佳的舒适度阳光普照，

不冷不热行走的人和疾驶的车都井然有序大树静止

不动，

小草微微而晃我迈步向前，两只脚

一左一右轻快有力

今天、此刻，是值得生活于世的一天、一刻

和所有的人的所有的努力无关，仿佛

在此之前的一切都在调整、尝试

突然就抵达了自由的感觉如鱼得水

愿这光景常在，我证实其有

和所有的人所有的努力无关

选自《新世纪先锋诗人33家》，百花洲文艺出版社

韩东

1961 年生，毕业于山东大学哲学系。诗人，小说家，剧作家。著有诗集《爸爸在天上看我》《重新做人》《你见过大海》等，言论集《五万言》。他是"第三代诗歌运动"中的代表性诗人，曾提出"诗到语言为止"的写作原则。

无人做你的光芒，不如自己照亮远方

哆啦 / 文

> 生命的密度要比生命的长度更值得追求。
>
> ——周国平《守望的距离》

人生似乎永远忙着追求那个所谓的好结果。

从学生时期各种考试，到选择工作，再到找寻伴侣，虽说每一个节点都很重要，但幸运之人，总能遵从自己的内心去执笔生命蓝图。

通常外界所默认的安稳生活，却离自己向往的人生很远。当我们轻快有力迈步向前时，也忍不住会想，到底自己是为了什么而活？

等着考研上岸，做题，排名，买房，还贷，养娃……人们把所有安全感都寄托在一条没尽头的莫比乌斯环上，日复一日，被一个又一个的人生"任务"追赶着。

这种看似身体在动，可灵魂早已停摆的状态，哪有时间喘息去思考生活的意义，去觉察生命本身的美妙。

对此，余世存先生言之有理："你没有活在自己的时间当中，其实是活在一个社会的时间当中，活在一个同龄人的时间当中，所以他们互相哄抬出的焦虑变成你的焦虑。"

囿于能力和认知的局限，面对种种新领域，我们难免会收缩自己的触角。回首那些失去的机会，走过的弯路，犯下的错误，留有的遗憾……何曾不是在塑造着我们，建构着鲜活的我们呢？

"如果这是你生命的最后一天，你会怎么做？"这是乔布斯经典的问句。

哲学家海德格尔认为，思考死亡，可以让人从沉沦走向清醒。如果人生态度是向死而生，自然会暗示自己去享受生命。在有限的生命里，不只是要成为一个有趣的人，更要有一个绚烂的人生。

心理学治疗学家欧文·亚隆有个精妙的比喻——活着就像持有一张商场的限时兑换券。当商场打烊在即，而你的礼券还没有兑换出去，恐惧便发生了。在死亡面前，人们表现出千奇百怪的症状，说出各式各样的遗憾，但其核心同一，即遗憾自己从未真正活过。

生命的进程是一个创造的过程。生活不在别处，恰在此刻。愿你在最为普通的一天，你切中了生活的脉搏，奔赴了自己所选的人生，直到暮年，依然答案如一。

人生只有一次，你可以替别人着想，但更要记得为自己而活。

送别

作者：李叔同　朗读：胡德夫

长亭外，

古道边，

芳草碧连天。

晚风拂柳笛声残，

夕阳山外山。

天之涯，

地之角，

知交半零落；

一斛浊酒尽余欢，

今宵别梦寒。

李叔同（1880—1942）

　　著名音乐家、美术教育家、书法家、戏剧活动家，是中国话剧的开拓者之一。他从日本留学归国后，担任过教师、编辑之职，后剃度为僧，法名演音，号弘一，晚年号"晚晴老人"，后被人尊称为弘一法师。

从前共你，促膝把酒

柳条人 / 文

黄昏是一天中最易牵动感情的时刻。

长亭、古道、芳草、晚风、夕阳，在一片清越的笛声中将与挚友分别。这一别，不知何时再见。

关于离情别绪，古人已经写得太多了，"春草碧色，春水渌波，送君南浦，伤如之何。"分别时的苦意甚至"使人意夺神骇，心折骨惊"。（江淹《别赋》）

唐代诗人韦应物的《简卢陟》写道：

"可怜白雪曲，未遇知音人。恓惶戎旅下，蹉跎淮海滨。涧树含朝雨，山鸟哢馀春。我有一瓢酒，可以慰风尘。"

这首《送别》是李叔同写给他的挚友许幻园的离别之作。许为人慷慨，思想新进，是当时沪上新派诗文界的领袖人物之一，李叔同激赏其才华和为人，两人大力宣扬新思想，提倡移风易俗。

他俩还与有着同样理想抱负的袁希濂、蔡小香、张小楼结为"天涯五友"。后来时局动荡，许幻园携妻儿北上，离别之际，他站在友人门外高呼着："叔同兄，我家破产了，咱们后会有期！"李叔同挥泪填词写下这首《送别》，赠予挚友。依依惜别之情，人生无常之慨，泪透纸背。

多年以后，当年的"天涯五友"中的蔡小香已经去世，其余四人在上海重逢，时过境迁，一切都变了。当年写下的"知交半零落"，竟一语成谶。幼年就与佛结缘的李叔同已剃度为僧，袁、许二人成了居士。两年后，许幻园离世。"人生不相见，动如参与商。"这次是死别。

今天再听这首歌，谁能不唏嘘，最感人的，大概是那种过尽千帆的慈悲。就像李叔同的一生绚烂至极，终归于平淡。"晚风拂柳笛声残，夕阳山外山"，久久回荡着，那样蕴藉深长。

这首歌也曾让朴树唱到失声痛哭，为他没有挽救回生命的友人，为他感到"有时候生活就像炼狱一般残酷"。他还说，如果能写出一首李叔同《送别》这样的歌词，今生死而无憾。

我们的人生中，总在不断告别、送别。知音难得，送走了旧友，会令人感伤，但命运还会带给我们新的友人，使我们得以慰藉。

"人生本有尽，宇宙永无穷"（胡德夫），今夜，让我们缅怀那些远去的故人，也不要忘记期待即将到来的美好。

恍惚

作者：伽蓝　朗读：赵正阳

在一滴恍惚的水中，我多么恍惚
像一只猫回到了旷野之爱和它多病的青春
像一个哲人回到了具体可感的生活

在一滴下降的水中，一个世界向上升
我们，这些人、事、物向上浮动
越来越接近那广大无垠的虚空

一滴水带着自身的安宁向下飞驰
我们并没有看清它的影子，它的力量
它以万物为参照加深了大地的速降

有那么一刻，我知道它会和自己的重生相遇
途经一片绿叶的庙宇，一朵花的幻觉
经过一个人寂静苍凉的宿命
抵达黑天鹅悲悯高远的叫声

一滴水回到了卑贱的泥土

而我们却升到了不可捉摸的半空

蹈不尽的蓝空气透过空明的身体

吟唱昔日白云浮动的歌曲——

选自《半夏之光》，大众文艺出版社

正是那些瞬间，可以盛放我们一生的丰盈

一条小路 / 文

恍惚中，会觉得自己就是伽蓝笔下那滴水。在某个下降的瞬间与过去重逢，和往事每一次擦肩的刹那，都狠狠延展着时空。

苏联作家鲍利斯·帕斯捷尔纳克曾直言："人不是活一辈子，不是活几年几月几天，而是活那么几个瞬间。"诚然，我们走过的时间绵延而连续，最终烙印于记忆深处的，大多是被裁切和剪辑的片段，乃至瞬间。

可也正是这些片段和瞬间，构成了生命最充实的部分。或许仅占1%的比例，但它们支撑着99%的人生。在其映衬之下，那些模糊掉的岁月不过是重复的填充。

辛波斯卡也说："甚至一个短暂的瞬间也拥有丰腴的过去。"这丰腴不止在于故事，还有背后澎湃的感知：相爱之人乍见时眼神碰撞的心动，家人朋友相处中彼此

点亮的温暖，以及"我买几个橘子去。你就在此地，不要走动"和"爸爸的花儿落了，我也不再是小孩子了"一句叮嘱、一句呢喃里难以纾解的心痛。

铭记完整的一生太难，还好可以摩挲着生活里沉淀出来的这些瞬间，收获狂喜或悲恸。心潮起伏之际，流水的日子跟着刻下痕迹，人也脱离麻木、机械，复归儿时的鲜活。

"谁能以深刻的内容充实每个瞬间，谁就是在无限地延长自己的生命。"（库尔茨）瞬间不仅凝结于从前，还等在当下和以后，由我们去赋予特别的意义。

一边铭记一边创造吧，瞬间和永恒有着相互转化的魅力。去买菜做饭、散步遛狗，用爱将日常里持续的瞬间定格为闪亮的永恒；去沟通交流、理解宽容，把心结解开，使仿佛永恒的恨融化成放下的瞬间。

人生短暂又漫长，生活单调也多彩，不妨试着打捞和捕捉更多瞬间，在那里，我们可以书写并盛放一生的丰盈。

夜班车

作者：倪湛舸　朗读：张瑞涵

夜班车去春风吹拂的峡谷

白梨、稠李和晚樱开满山坡

像海浪暗涌，又像飞沫舍身

还像身不由己的这些年

我庆幸这班车还在路上

空荡荡的车厢里没有人唱歌

灰蒙蒙的车窗偶尔被街灯照亮

我的手掌贴着我的脸颊

山路蜿蜒，白梨、稠李和晚樱

开啊开啊总也不凋谢

多么疲惫，又是多么的伤悲

选自《雪是谁说的谎：倪湛舸诗集》，上海三联书店

倪湛舸

北京大学英语语言文学系学士，福德姆大学神学系硕士，芝加哥大学神学院宗教与文学专业博士。代表作:《黑暗中相逢》《人间深河》等。

晚风吹拂，我们都在回去的路上

乌有 / 文

> 那天夜里的风是温暖的……月光像一些遗失掉的语言，洒在心的深处。
>
> ——庆山《一个春天的晚上》

"乘客们，××站到了，请您带好随身物品，开门请当心，下车请注意安全。"

此刻，你正坐在一辆晚班车上，那些大楼、树木、街灯都远成一个个模糊的影。城市从你眼前滑过，你置身其中，又出乎其外，好像一切都可以与你无关，可以轻易乘着这辆车逃离这里。

"夜晚，又是夜晚，黑暗之物精湛的学问"，夜晚轻易就覆盖了所有的色彩和声音，像一张巨大的过滤网，只有光可以渗透进来，新绿、绯红、靛蓝……那些春日的色彩覆上了黑纱，依旧朦胧轻盈，花瓣与风的舞蹈，在微光里柔软迷人。

车里只有零散的乘客，忙碌一天后，大家都带着些许倦容，或昏睡，或呆望着窗外。你把脸颊轻轻抵在手掌，用手肘支撑住一天的疲惫，你开始回想今天都做了什么：和难缠的甲方沟通，不停地修改方案，外卖延迟了半个小时，赶车崴到了脚……你把它们通通丢掉，不再去想。

你开始想象电影里的场景，在《飞一般爱情小说》里，男主也是坐着这样的夜班车，夜晚微凉的风顺着窗口跑来，带来了意中人的香气，他寻味而去，觅得爱情。两人不言不语，眼含笑意，撩人的春风裹挟清甜的味道将他们包裹，爱情开辟了夜间所有的道路。

乘客一个个下车，大家都有方向，都知道自己要去往哪里，哪怕路途漫长，你这么想着。可能所有的交通工具里，还是迷恋公交车，它属于城市，拥有生活的风景，并不快捷，会颠簸，会急刹车，会停站再启程，但它总有目的地，人生不也是如此？

我们日常奔波是为了什么？为了生活，你也许会这么想。是的，更好的生活，为了那些美好的事物，为了所爱之人。

你又开始回想今天发生的事，想起甲方称赞了你的方案，外卖店家送了小蛋糕以示歉意，想起等车时，车站旁的樱花开得很美，树下的小女孩对你笑得灿烂。

在夜的另一边

空气中什么在哭

声音设计黎明

她想着永恒

——皮扎尼克《在夜的另一边》

司机将车停稳，你下了车，街道上干净的风吹过。你抬头看了看勤劳的月亮，甩了甩身上的疲惫，迈着轻松的步子走了起来。你想起了很多个夜晚，感到幸福像风一样在向你赶来，想起了今天看到黎戈的一句话："这些虚度的清晨，还有夜晚，是会'在我们身后，长出薄薄的翅膀'来的，像七彩蝴蝶，在日与夜翻山越岭的峡谷里，飞去又飞来，投下薄暮般温柔的影子。"

也许，你会记住这个春夜，会记住很多美丽与勇敢。

水草拔河

作者：余光中　朗读：李立宏

如果时间是一条长河

昼夜是涟漪，岁月是洪波

　　滔滔的水声里

是谁啊，隐隐在上游叫我

是谁，明知我不能倒游

　　日日，夜夜

　　却叫我回家去

如果时间是一条长河

昼夜是涟漪，岁月是洪波

　　滔滔的水声里

是谁啊，隐隐在中游叫我

是谁，明知我不能停留

　　日日，夜夜

　　却叫我上岸去

如果时间是一条长河

昼夜是涟漪，岁月是洪波

　　滔滔的水声里

是谁啊，隐隐在下游叫我

是谁，明知我不能抗拒

　　日日，夜夜

　　却叫我追过去

上游是谁在叫我，水声滔滔

中游是谁在叫我，水声滔滔

下游是谁在叫我，水声滔滔

水声滔滔，上游啊无路

水声滔滔，中游啊无渡

水声滔滔，下游啊无桥

　　水声滔滔

只有滔滔向东的长河

翻着涟漪，滚着洪波

　　滔滔的水声里

只有我，企图用一根水草

从上游到下游

从源头到海口

与茫茫的逝水啊拔河

二○○○年三月二十八日

选自《守夜人》，江苏凤凰文艺出版社

余光中（1928—2017）

当代著名作家、诗人、学者、翻译家，出生于南京，祖籍福建永春。代表诗作：《乡愁》《乡愁四韵》等，散文《听听那冷雨》《我的四个假想敌》等。

是谁呀，在叫我回家

婵 / 文

下次你路过，人间已无我

但我的国家，依然是五岳向上

一切江河依然是滚滚向东方

民族的意志永远向前

向着热腾腾的太阳，跟你一样

——余光中《欢呼哈雷》

余光中先生对河，尤其是黄河，是很有感情的，只因"华夏子孙对黄河的感情，正如胎记一般不可磨灭"。

2001年，余先生受邀来山东大学讲学，在返程之际终于亲眼目睹了黄河。这是他第一次用手触到黄河："这一瞬我已经等了七十几年了，绝对值得。"顷刻便消解了他多年的执念。

早在1966年，壮年的余光中就写下《当我死时》，将自己托付给山河故乡："当我死时，葬我，在长江与黄河／之间，枕我的头颅，白发盖着黑土／在中国，最美最母亲的国度／我便坦然睡去，睡整张大陆。"

如今先生已作古，长眠于大地之下，而他的灵与肉也已沉沉渗入了整片黄河流域。他的声音已流淌至鹊山——"海拔不过两百米，无主峰"，温暾且和煦；身躯躺在了山西晋中的黄土沟壑，坚毅、崎岖、苍老而矍铄；而他的诗文激涌到了壶口瀑布，一泻千里，奔流不息。

写我的名字在水上

不写他在云上

不刻他在世纪的额上

——余光中《狂诗人》

有人如是评价余光中——一个"傲慢"的创作者，自"一个秋晴的黄昏／一个少年坐在敞向紫金山的窗口／写下他的第一首诗"后，他的黄河水就一直处于汛期，创作灵感源源不断，直至暮年他仍笔耕不辍。这在诗歌界几乎已成为一个事件。在他生命的最后几年里，他想做的仍是在余下的时间里多创作一些诗歌，多翻译一些作品。

人处在世间，就如身处一条长河，上游无路，中游无渡，下游无桥。人身在其中，水草般飘摇。可先生也告诉我们，无论如何我们依然要以水草的身躯，与时间做永恒的拔河。

究竟，是怎样一个对手

踉跄过界之前

谁也未见过

只风吹星光颤

不休剩我

与永恒拔河

——余光中《与永恒拔河》

图书在版编目（CIP）数据

永远是夏天：华语经典名家诗歌选 / 余光中等著；
为你读诗主编. -- 北京：北京联合出版公司, 2023.8
　　ISBN 978-7-5596-7161-5

　　Ⅰ.①永… Ⅱ.①余… ②为… Ⅲ.①诗集－中国－
当代 Ⅳ.①I227

中国国家版本馆CIP数据核字(2023)第150853号

永远是夏天：华语经典名家诗歌选

作　　者：余光中 等 著　为你读诗 主编
出 品 人：赵红仕
责任编辑：高霁月
选题策划：大愚文化
产品监制：孙淑慧
特约编辑：雷　雷　高　敏
装帧设计：付诗意

北京联合出版公司出版
（北京市西城区德外大街 83 号楼 9 层 100088）
北京盛通印刷股份有限公司印刷　　　　新华书店经销
字数 80 千字　880×1230 毫米　1/32　7.5 印张
2023 年 8 月第 1 版　2023 年 8 月第 1 次印刷
ISBN 978-7-5596-7161-5
定价：59.00 元

扫码收听诗歌朗读

是关于你的这个梦 让我活下去。